懐かしき子供の遊び歳時記

榎本好宏

飯塚書店

目次

春

赤城颪に手作りの凧 6
貴重な石けんから、しゃぼん玉 11
お弾きと「ちゅうちゅうたこかいな」 14
ブランコはポルトガル語 19
雀捕りの名人 23
鶏冠《とさか》よ、出るな伸びるな 27
雲雀の声、美空ひばりに重ねて 31

夏

誰もが祈って「てるてる坊主」 36
夜な夜な墓で度胸試し 39
川遊びと、怖い雷 42
御輿《みこし》とアイス・キャンデー 47
蛍は火垂る、星垂る 50
蛙を餌にザリガニ捕り 54
置き鉤《ばり》を仕掛けて鯰《なまず》 56
梅干しと筍しゃぶり 60
小麦の穂からチューインガム 63
瓜盗人と西瓜泥棒 68

秋

盆棚に吊ったほおずき 74
紙鉄砲・山吹鉄砲・杉鉄砲 77
学校の行事「蝗《いなご》捕り」 81

ケラに尋ねたきこと 85

冬

十日夜《とおかんや》の藁鉄砲 90
「死語」になった竹馬 93

新年

路地を徘徊《はいかい》し貝独楽《ばいごま》 100
独楽で「寿命比べ」 102
忘れずば「いろはかるた」 105
ビー玉遊びのルーツ 110
奥会津の鳥追いと歳の神 115

雑《ぞう》

「箍《たが》回し」ならぬ「リム回し」 126
泥だらけになって面子《めんこ》 130
嵐寛を真似てちゃんばら 134
わが宝物、匂いガラス 137
一番人気のターザン 140
不思議な歌詞、「かごめ　かごめ」 143
高峰三枝子を歌う子供演芸会 147
じゃん拳とずいずいずっころばし 151
信玄袋にお手玉入れて 155
お手玉歌のいろいろ 159
怖かった「コックリさん」 165
歌詞も知らずに「箱根八里」 169
紙芝居と「黄金バット」 173
三角ベースと呼んだ野球 177
子供達の囃子ことば 180
蕗谷虹児と「花嫁人形」 183
怖かった火の玉 186
火薬遊びの興奮 191
あとがき 197

装丁　片岡　忠彦
挿画　石川由起枝

春

赤城颪に手作りの凧

童謡にも「早く来い来いお正月、お正月には凧揚げて、追いばねついて遊びましょ……」と歌われているから、凧は新年の季語と思いがちだが、歳時記の分類では、大方が春の季語になっている。

私が少年期を送った群馬県の片田舎は、真北に赤城山がそびえる。その赤城から吹き下りて来る赤城颪《おろし》は肌を突き刺すように冷たく、しかも強い。兎の毛で作った耳当てをしていても耳たぶに霜焼けができた。向かい風には自転車はいっこうに進まない。ちょっとの隙間でもあろうものなら、家の中に土埃が舞う。嫌われものの赤城颪だが、子供達の凧揚げには、これほど理想の風はない。ということで、正月から春にかけて、当の子供達は凧作りに精を出す。

紙一杯に「龍」の字を書いた凧や奴凧《やっこだこ》は売っていたが、小遣いが少ないこともあって、子供達はもっぱら自分で作った。ありがたいことに、竹を細く割いて削った籤《ひご》なるものが売られていたから、これを凧作りや模型飛行機作りに利用できた。この籤をつなぐアルミ製の継ぎ手も売っていたので至極便利だった。

しかし、これらの材料では、赤城凧に耐える凧はできなかった。小学校も高学年になると皆、自分で竹を割いて籤を作った。現代と違って、男の子は、肥後守《ひごのかみ》と呼ぶ折りたたみのナイフか、切り出しナイフを持っていたからこれを使う。肥後守は力を入れると付け根から曲がりやすいので、竹を割くにはもっぱら切り出しナイフを使った。

細く割いた竹を更に削るには技術が必要だった。左手に割った竹を持ち右手で削ったのでは表面にむらができる。そこで子供は、町中にある籠屋のおじさんの方法に倣《なら》った。まず左膝の上に手拭いか雑巾を敷き、その上に割いた竹を置いて、ナイフの刃をやや斜め前方に向け、左手で割いた竹を後ろに引くと、表面が均等に削れる。

平らな凧では風圧に耐えられないから、表面を反らさなければならない。竹は火に当てると反る性質があるので、七輪の火や蠟燭の火に恐る恐るかざして曲げた。この曲がりを後ろで支えるのに、細い篠竹を結んだ。後は和紙を張ればできあがる。

凧が揚がるかどうかを左右するのは、子供達が「中心合わせ」と呼んでいた作業だった。四隅に結んだ糸を束ねて、凧の真ん中で合わせることを言った。中心点が左右にずれていたら、凧は空中でくるくる舞ってしまう。真ん中に合わせても下過ぎると凧はすぐ落ちる。ほどよい中心点は真ん中より少し上だったように記憶している。

ここで試し揚げになる。子供の作業だから精密にできていないので、すぐに落ちることが多い。こんな時は側にいる上級生が中心点を直してくれる。よくよく揚がらない時は、両端か真ん中に一本尻尾を付けると、嘘のように揚がる。この尻尾には新聞紙を細く切ったものか太めの麻の紐を用意した。糊などは当時なかったから、ご飯粒を潰して糊状にし、乾かないように器に入れて持ち歩いた。

さて凧を揚げる段だが、太めといっても木綿糸では赤城颪には耐えられない。土地で「かつ糸」と呼ぶ凧糸でなくてはならなかった。これも少ない小遣いでは買えなかったから、正月のお年玉で買えた時の喜びはひとしおだった。小さな糸巻きでなく、蚕の繭の糸繰りに使う大きい糸巻きに、買ったばかりの凧糸をたっぷり巻いて出掛ける時などは、子供心に晴れがましい気分になった。

凧糸で揚げても時々糸が切れて逃げることがあった。せっかく自分で作った凧だから、こんな時は芽のころの麦畑や桑畑をひたすら走って追いかけた。これは大人になって、俳句を知ってから覚えたことだが、中国では、凧の糸が切れて飛び去ることを「放災（ファンツァイ）」と呼ぶ。字義通り、災いを放す、つまり災いがなくなると考えたのである。災難除けになるのだから、中国ではわざわざ糸を切って飛ばす風習もあったし、逆に凧が落ちた家では、わざわいのお祓いをしてもらったという。また、逃げた凧が雲の中に入ることを吉兆とした。ちょっと落語の落ちにも似てくるが、私達の手から逃げた凧の行く先の多くは、大人達から近づくことを禁じられていた避病院（赤痢やチフスなど伝染病の隔離病舎）の辺りだった。
この稿の冒頭にも触れたが、凧を春の季語にしたことにも少し触れておかなくてはならない。これは意外にも二十四節気《にじゅうしせっき》（陰暦で、太陽の黄道上の位置により定めた季節区分）の「清明《せいめい》」とかかわってくる。少し難しいことを言うようだが、清明とは太陽の黄経《こうけい》が十五度に達したときを指し、陰暦の三月、春分の日から十五日目に当たり、陽暦に直すと四月五、六日ごろに当たる。

中国では、立春からこの清明までの六十日間を放筝（ファンチョン）（凧揚げ）の季節と呼んだ。なぜ凧に「筝《こと》」の字を充てたのかとも思われるが、中国では凧そのものを「風筝」（フォンチョン）とも言うから、凧の揚がる音を風の鳴らす筝と古人は感じたのかもしれない。話を元に戻すが、この六十日間を過ぎて凧を揚げると、思いがけない災いに遭うとされる俗信がある。その理由はと言えば、風を司る神が、清明を過ぎると天に帰ってしまうからだとされる。

「清明」によって否定されはしたが、童謡の一節「お正月

には凧揚げて」の弁明もしておかなくてはならない。その根拠は、江戸の風習の中で、凧上げはとくに藪入り（奉公人が主人から暇をもらい自宅に帰ること）の一月十五、六日に行われたことに由来したそうである。これに対し大坂では二月の初午《はつうま》（二月最初の午の日）の日に行われた。今日の凧も、浜松の源五郎凧は五月に揚げるし、長崎の「はた」揚げは四月、新潟の白根市の大凧揚げは六月、沖縄に至っては十月に凧を揚げる。

西欧へは、オランダを経由して十六世紀に伝わったというから意外に遅い。フランクリンが凧を揚げて稲妻の放電現象を観察した話は知られているが、この凧を何に見立てるかは国によって違う。英語では鳶《とび》に、ドイツ語では竜に、スペイン語では彗星《すいせい》にと天空にあるものになぞらえるが、フランス語ではなぜか鍬形虫《くわがた》に見立てる。英語の鳶は kite（カイト）で、fly a kite と言えば「凧を揚げる」になるが、go fly a kite となると「あっちへ行け」とか「つまらぬことを言うな」となって、凧にとってとんだ災難である。

大学の空の碧きに凧ひとつ　　山口　誓子
家出づるにはや凧の尾の振れそめし　　中村　汀女

貴重な石けんから、しゃぼん玉

「しゃぼん玉、とんだ。屋根までとんだ。屋根までとんで、こわれて消えた」

子供ならば誰でも歌える童謡「しゃぼん玉」の一節である。童謡コンビと言われた野口雨情と中山晋平の作詞、作曲である。大正十二年（一九二三）の誕生というから、日本人にとっては、懐かしいというより、体の一部にもなっている一曲かもしれない。ここに歌われる子供の遊び「しゃぼん玉」もしかりである。

今では、ストローの付いたしゃぼん玉用の液は、子供相手の店のどこにも置いてあるが、かつてはこの液を誰もが自分で作った。手元にある石けんを溶いて作るのだが、薄いとストローで吹いても玉にならない。濃い液を仮に作っても、大きな玉にはなるが、じきに弾けて、童謡に言う「屋根までとんだ」とは、とてもならない。そのため、石けん水に粘り気を出すため、どこにもある松の木から採ってきた脂《やに》を混ぜて完成させた。私より五歳も若い弟などは、どこで手に入れたのか、松脂にかえてグリセリンを使っていた。こちらのひがみかもしれないが、弟達のしゃぼん玉は、七色に輝いても見えた。

流れつつ色を変へけり石鹼玉《しゃぼんだま》

松本たかし

といった具合いに、である。

当の石けんだが、貴重品だから、我が家では、私も弟達も化粧石けんなどは使わせてもらえず、風呂場でも洗たく石けんを使った。この代物、匂いなどまったくないが、泡だけはよく立つ。当時、進駐軍からどういうルートで入ってくるのか、いい匂いのする化粧石けんも出回っていて、我が家でも愛用品の一つで母しか使えなかった。確か「ラックス」と呼ばれていて、スペルもLUXだったように覚えている。

二重に包装されたこの石けんを、母の目を盗んでは時々しゃぼん玉に利用するのだが、その匂いのよさは、子供の私にもたまらないものだった。この盗用は母にすぐ見つかり、大目玉を食らった。

当の石けんだが、しゃぼん玉と同様にしゃぼんと呼ばれていた。「しゃぼんを無駄にしないのよ」とか、「首のところは、よくしゃぼんを付けて洗うのよ」といった風に使われていた。

このしゃぼんが外来語であることは、それから随分後になって知ることになる。『嬉遊笑覧《きゆうしょうらん》』(喜多村信節《きたむらのぶよ》著)というと、今から二百八十年も前の江戸時代に書かれた随筆集だが、その中にも、「紅毛人(オランダ人)セップといひ、羅甸語《らてんご》にサポーネといへるを、転訛《なまり》てシヤボンといふ也。（略）件《くだん》の玉を吹ことを、水圏戯《すいけんぎ》といふ」と出てくる。しかし、現代の歳時記には、さすがに「水圏戯」の言葉は見当たらない。

当時、婦女子の間ではやった遊びだったが、さすがに石けんは貴重品だったらしく、ならばとばかりに、『嬉遊笑覧』には、そのことも書いてある。いわく「無患子《むく》、芋がら、烟草《たばこ》茎など焼たる粉を、水に漬《つけ》、竹の細き管に其汁を蘸《ひたし》て、吹ば、玉飛て日に映じ五色に光りてみゆ」という。

無患子《むくろじ》とは、ムクロジ科の落葉高木で、果皮は古くから石けんの代用として使われたし、種子は羽子《はね》突《つ》き遊びの羽子に利用される黒い球である。芋がらはサトイモの茎で、芋茎《ずいき》と呼んで食用になるあれである。確かにこれら植物には粘り気があって、しゃぼん玉に向いていたのかもしれぬ。ただし烟草だけは当時の専売公社の扱う代物だったから、私達の目に触れるところにはなかった。

ついでながら、しゃぼん玉の当時の流行について触れた文献もあるので、それも紹介してみる。これも江戸後期に喜田川守貞によって書かれた風俗誌の『守貞謾稿《もりさだまんこう》』だが、京坂での振り売りの決まり文句は、「ふき玉やさぼん玉、

吹けば五色の玉が出る」だったという。それに引き替え江戸では「玉や玉や」と素っ気なかったと書く。当時、女性の間で流行し、夏の玩具として売りに来たというが、どういうことか、今の歳時記の部立てでは、春の季語ということになっている。

冒頭にも触れた童謡「しゃぼん玉」だが、この歌の出自について、作詞者の野口雨情の悲話があったことを後に知った。雨情は青年期に長女を生後八日で亡くし、更に次女も二歳で亡くし、そのはかなさを、この歌に托したと言われる。そう言われれば、「しゃぼん玉」の二番の一節は、こういう文言になっていた。

「しゃぼん玉、消えた。飛ばずに消えた。うまれてすぐに、こわれて消えた」

お弾きと「ちゅうちゅうたこかいな」

これまでは「男の遊び」が多かったから、女性に叱られそうなので、今回は「女の遊び」にご登場願う。中でも、真っ先に取り上げなくてはならないのが、「お弾き」だろうか。得てして子供の遊びは土地によって呼び名がまちまちで、そこがまた面白い訳でもある。私の育った群馬の片田舎では、このお弾きを「きしゃご」と呼んでおり、長じて俳句を始めるまでは方言と思い込んでいたが、実は由緒正しい言葉で、れっきとした春の季語だった。その語源については後段で詳述する。

戦時中から戦後にかけてのお弾きは、割れた瀬戸物や硝子《がらす》を更に金づちで適当な大きさに割り、コンクリート面や石の表面で角を丸く削って、こしらえた。中でも図柄の面白い瀬戸物のお弾きは人気が高く、ゲームの中でもっぱら狙《ねら》われた。これらお弾きを信玄袋や巾着《きんちゃく》に入れて持ち歩いていたから、女の子と擦れ違うと、いつもジャラジャラという音が聞こえた。戦後しばらくして、色や模様が入って、表面にギザギザの入った硝子のお弾きが出回り、これが主流になった。

遊び方の方は、傍から見ているだけだったから多くを知らないが、まず参加者が同じ数のお弾きを出し合う。これを掌に入れて振ってから床に撒く。とは言っても、お弾き同士が触れ合ったり、重なったりもする。物の本によると、こんなお弾きを「おねぼ」と呼ぶ。「おくっつき」「ぐつ」などと言う地方もある。こんな場合、「おねぼ」になったお弾きは撒き直す（次まで預かる場合もある）が、これにもいろいろな流儀があり、その一つが「お釜《かま》」という方法。一方の手の指で輪を作りその間からお弾きを下に落とすのだが、まこと言い得て妙である。この他に「お高」とか「肘《ひじ》つき」なる撒き方もある。

さてゲームの開始となるが、人差し指で押えた親指を弾いてお弾きを動かす方法は改めて説明するまでもない。当たったお弾き同士は離れるが、その間に小指を通して通れば、そのお弾きが取れる。しかし時にはお弾き同士が数ミリしか離れていない場合もある。そんな数ミリの隙間でも小指が通るよう、当時の女の子の多くは、小指の爪を長く伸ばしていた。

二個のお弾き同士がぶつかるのならいいが、時には複数のお弾きに当ててしまうことがある。これは「おやつ」と言って交代しなければならない違反なのである。それまで取ったお弾きを全部戻すことになる。なぜ「おやつ」と呼ぶかだが、その謎解きは、『嬉遊《きゆう》笑《しょう》覧《らん》』に次のように出ている。

「きさごはじき（略）此戯にツマといふことはツマヅクの略。ヤツといふはヤツ中《あた》り也」

だから「おやつ」は八つ当たりの略ということになる。

まだいろいろな遊びがあるが、遊びの最後は取ったお弾きを数える作業があり、これがまたふるっている。中指と人差し指の二本の指でお弾きを二個ずつ引き寄せて歌うのが、「ちゅう・ちゅう・たこ・かい・な」である。これで十個になる。更に大勝ちして二十個を取った時には「は・ま・ぐ・り・は・む・し・の・ど・く」と十文字を二十個に充てて数える。ついでに、山口県の周防《すおう》、長門地方に伝わる数え方を紹介すると、十個の場合が、「つー・つー・たー・けー・じょう」で、二十個の場合が「や・ま・ぶ・し・の・ほ・ら・の・か・い」となる。

こんな風に、子供達は数を字数や音数で数える習慣があった。昭和生まれの人にも懐かしい遊び「だるまさんがころんだ」も、文字数で十とした。また、じゃんけん遊びの「グリコ」も、グーで勝つと「グリコ」で三歩、チョキで勝つと「チヨコレート」と六歩、パーで勝つと「パイナツプル」と六歩、それぞれ進める。これなどは音数でなく、字数で数が決まった。これらとは少々趣を異にするが、「いちじく（一）にんじん（二）さんしょ（三）にしいたけ（四）ごぼう（五）……」と続く悠長な数え方も、今は死語になってしまった。

冒頭にも書いたお弾きの群馬での呼び方「きしゃご」だが、これは、遊びとしてではなく春の貝として歳時記に登載されている。細螺と書いて「きさご」と読み、傍題季語として、群馬で言う「きしゃご」を始め「ぜぜ貝」「いぼきさご」などが出ている。間違えやすいのが、同じ春の季語で「きしゃごのおばけ」があるが、こちらは寄居虫《やどかり》の別名である。

さて、その「きさご」だが、細螺のほかに喜佐古とか扁螺とも書き、ニシキウズガイ科の巻き貝で、そろばん玉の形をしていて、北海道以南の浅い海に広く棲む貝。その、そろばん玉の形の貝に色を施してお弾きに使ったというが、今思うに少々不安定だったことだろう。

子供の遊びには地方の呼び名が多いと書いたが、お弾きも例外でなく、『日本方言辞典』

（佐藤亮一監修 小学館刊）には、六十一の方言が収録されてある。それらの中から面白い呼び名を例示してみると、次のようなものがある。

「いさら」（島根県鹿足郡）、「いちぎり」（奈良県吉野郡）、「いっちょほいよ」（山梨県南巨摩郡）、「けちあーし」（高知県長岡郡）、「さんから（李《すもも》の種で作ったお弾き）」（新潟県中頸城郡）、「せとつぶ」（岩手県紫波郡・気仙郡）、「のんだり（素焼きの陶《すえ》でできたお弾き）」（新潟県蒲原郡）、「はじっこ」（鹿児島県鹿児島郡・種子島）など。

浪退けば細螺《きさご》おびたゞしきことよ　　阿波野青畝

波遠く細螺《きしゃご》美し函の中　　山口　青邨

ブランコはポルトガル語

昭和十九年のことだが、私が入学した東京の小学校（当時は国民学校と呼んだ）の校庭には、遊具らしきものは何もなかった。あるのは鉄棒と肋木《ろくぼく》だけで、この肋木にも説明の要があろう。字義通り、人体の肋骨《あばら》のように横木が何本もわたしてあり、これにのぼったり、つかまって懸垂をしたり、足を掛け、吊り下がり、体を鍛える用具だった。

一方の鉄棒も、運動用具としてより、銃剣術の具だった。柱に藁《わら》が巻き付けられ、銃剣に見たてた木銃を、教練（学校で行った軍事的訓練）で、「マエ、マエ、ウシロ」の軍人の掛け声で、突いたり引いたりしていた。

この年の暮れのころから、東京への空襲も激しくなってきたため、我が家は群馬の片田舎に疎開したが、ここもやはり校庭には、鉄棒と、薪を背負い本を読む二宮金次郎の銅像しかなく、折からの赤城颪《おろし》で砂が舞っていた。校舎も敵機から見えにくいように迷彩がほどこされ、爆風でガラスが飛び散らないよう、窓という窓には短冊に切った紙が縦、横、斜めに張られてあった。

田舎とは言え、この町には中島飛行機（のちの富士重工）の軍需工場があちこちにあったから空襲への備えでもあった。事実、空襲もあった。

　この地にも終戦がやってきて、まず校庭にできた遊具は、ブランコと遊動円木だった。校舎一面に塗られた迷彩はがしが後回しになったことは、何とも戦争のあとの快感だったかもしれない。

　校庭にできたブランコには列ができ、昼休みや休憩時間だけでなく、放課後まで賑わった。女の子は戦中のいでたちのモンペ姿だったから、とても「スカートを翻して……」とは言えないが、その叫び声の中から、子供心にも、戦争が終わったことを実感していた。

　少々こむずかしい名の遊動円木の方は、丸太の前後を支え木から吊って揺らす遊具。大勢が一緒に乗り、前後、左右に揺らせたし、動く丸太の上を歩くバランスの訓練にもなった。大人になってから読んだ井伏鱒二のエッセイ『半生記』にも、遊動円木で左足の膝の皿を割った話が出てくるくらいだから、随分と古い遊具だったのだろう。

　やがて、ブランコがどこにでも吊られ、遊び方もいろい

ろ生まれた。その一つが遠くへ跳ぶことだった。慣れてきて大揺れも平気になったとは言え、この状態で跳びだすと、大方は尻から落ちる羽目になるし、跳びだすタイミングが大事だった。

もう一つの定番は、ブランコを揺らしながら靴を遠くへ跳ばす靴跳ばしもあったが、終戦直後は運動靴が手に入らず、みな下駄で過ごしたから、靴跳ばしならぬ、「下駄跳ばし」の笑えない遊びになった。

もう一つ、座ってブランコをこぎ、地面に置かれた石を拾う「石拾い」なる遊びもあったが、こちらは、もっぱら女子主流の遊びでもあった。

私のかかわる俳句の方では、ブランコにいろいろな呼び名がある。それというのも、この遊びが昔から、子供達にいかに親しまれてきたかの証左である。

そんな中の呼び名の一つに鞦韆《しゅうせん》がある。歳時記に入っている言葉だから俳人はよく使うが、一般の人には分かりにくい。

鞦韆は漕ぐべし愛は奪ふべし　　三橋　鷹女

鞦韆に腰掛けて読む手紙かな　　星野　立子

といった具合いにである。

文字ヅラから言っても、鞦韆とはいかにも中国からやって来た言葉らしいが、その通りなのである。中国の宋の時代に書かれた『事物紀原』に、そのゆかりが書かれてある。斉の桓公《かんこう》と言えば、地方民族を討ち、諸侯と同盟を結んだことで知られている。その桓公が北夷征伐の折、土地の娘が細縄を樹にかけて、脚を上げて揺すっているさまを見、中国に伝えたことになっている。

以後、中国では、このブランコを三月の寒食《かんしょく》の日に、婦女子がこれに乗って遊ぶ風習になっていく。寒食とは、冬至から百五日目に当たる日で、風雨が激しい日とされ、火を断ち、煮たきをしないで物を食べた。

「春宵一刻値千金《しゅんしょういっこくあたいせんきん》」で始まる蘇東坡《そとうば》の有名な詩「春夜《しゅんや》」の一節にも、「鞦韆院落夜沈々《しゅうせんいんらくよるちんちん》」と出てくる。「院落」とは屋敷の中庭のことである。

私達が何気なく使っているブランコなる呼び名も、もともとはポルトガル語で、古くは、「ふらここ」「ゆさはり」が主流だった。

雀捕りの名人

田舎暮らしの子供にとって、小鳥を捕ることは、楽しみの最たるものだった。また、そのための工夫もいろいろしたものである。疎開者である我が家にとって、中でも雀捕りは、食の足しにもなった。その辺を少し書いてみる。

我が家の弟は、近所でも知られる雀捕りの名人だった。当時、「パチンコ」と呼ぶ具は二つあって、一つはY字型の木の股にゴムを渡し、石をこめて、雀などを狙い撃ちするものだった。もう一つの方は、俗に言う鼠捕りである。縦十五センチ、横七、八センチの板の上にバネ状の仕掛けが付いていて、餌を引っぱるとバネがはねて鼠がはさまるようになっている。猫は飼っていても、どの家にも鼠が多く、夜中に天井裏を、音をたてて走り回るから、我が家では「鼠の運動会」と呼んでいた。これら鼠を捕るのに、このパチンコは大いに役立った。

そのパチンコを弟は雀捕りに使った。鼠用の餌を付けるところに鶏の羽を付けた。それも鶏の脇に生えたフワフワの羽毛をである。それを畑に前夜仕掛けるのだが、羽毛だけを外に出し、パチンコは台ごと土に埋めた。ことに春は雀の巣作りの季節だから、この羽毛を雀が欲しがることを弟は承知していた。鼠の時と同じように、羽毛を引っぱるとバネが外れ、雀が捕れる。

親雀鳥毛咥《くわ》へしよろこびに　山口　誓子

こんな雀が掛かるのだろう。

早起きの弟は、畑をひと回りして、収獲を下げて帰ってくる。まだ家中が寝ている間に羽をむしり、頭を落とし、皮もむき、ちょうど奴凧《やっこだこ》の形の肉に仕上げ、醤油に浸けておく。これが大猟の日の我が家の朝食に出てくる。

雀捕りの方法には他にもいろいろあって、その一つが、川で魚を捕る時に使う、径五、六十センチの網を利用する。この仕掛は至って簡単で、網を棒で支え、その棒に細手の長い紐を結び、雀には見えない物陰まで延ばしておく。もちろん持ち上げた網の下には、雀の好きそうな米粒などの餌を撒いておく。雀は好奇心が旺盛だから、人影が見えなくなるとすぐ、この米粒に寄ってくる。ただし用心深くもあって、雀が網の下に入ったのを見計らって、急いで紐を引いても捕れないことが多い。

生きたまま捕れた雀は、いくら雀好きとは言え、我が家では食べない。もちろん弟が飼うことになる。昔は蜜柑も林檎も木箱だった。少し大きめの林檎箱は、重ねて私の本箱になったが、小さめの蜜柑箱は、前面に網を張り、こうして生きて捕れた雀の巣箱に利用した。

餌は残りのご飯粒のほかに、土蜘蛛を捕ってきて与えた。この土蜘蛛は、垣根などにしてある檜の根本に、幹に沿って土中に伸びる巣の中にいた。巣の網が切れないように、辺りの土をのけながらそっと引っぱると、巣の底に、土蜘蛛は鎮座している。その蜘蛛を千切って雀に与えると、雀は猛烈な食欲を示す。

雀の大方は、屋根瓦と、その下の板のすき間に巣をかける。子供なら、そのすき間に手を差し入れても捕れるが、昼間の親雀は餌探しに出かけていて、捕れても、卵から孵《かえ》ったばかりの産毛《うぶげ》も生えていない雛だから、親雀捕りのころあいは夕暮れ時に限る。

昼間に確認しておいた雀を捕るには、釣りに使うたも網の柄をさらに足して長くし、もう一本長い棒を持って出掛ける。「鳥目」の言い方通り、鳥は夜は目が見えないから、必ず巣に戻っている。まず、雀の出入り口とおぼしきところにたも網をあて、軒の下板をもう一本の棒で突っつく。すると、巣の中の雀は飛び出し、御用となる。こうして雀を飼っても必ず死ぬので、母は雀飼いをとても嫌った。

ある時、お寺の水屋の屋根に巣くった雀を見つけた弟は、近くにあった梯子を見つけて屋根に上ったまではいいのだが、運悪く寺の檀家の総代に見つかり梯子を外された。弟はその夜遅く泣きべそをかきながら帰って来た。

雲雀も弟の猟の対象になった。童謡風にピーチク、パーチクと高い所で鳴くこの雲雀は利口な鳥である。決して巣のところから直接飛ばず、しばらく地面を走ってから飛ぶ。下りる時も、巣から離れた場所に下り、やはり地面を走って巣に戻る。これは、巣を守る雲雀特有の本能なのだろう。しかし、子供達はその本能を見抜いていて雲雀を捕った。

下りたところを見たら、視線は地面を追う。そこが麦畑なら畝間を必死に走る雲雀が見える。そして、その巣から雛を頂戴することになる。雲雀は飼い方も難しい。成鳥に近づくとしきりに飛び上がる習性がある。さすが雲雀である。これを蜜柑箱で飼っていると、この習性で頭がはげてくる。その辺を承知している子供は、雲雀に限って、天井に柔らかい網を張って飼うことにしていた。

これはもう弟のレベルではないが、頬白や四十雀《しじゅうから》、十姉妹《じゅうしまつ》などの小鳥を捕れる先輩がいた。彼の仕掛けはいたって簡単だった。径三、四センチの竹を三十センチほどの長さに切り、節を抜き、一方に網を張っておく。この竹筒を横向きにし、中に粟《あわ》だの稗《ひえ》といった小鳥の好きな餌を撒き、木の枝に吊るす。網の張ってない口から竹筒に入ったはいいが、小鳥は後ずさりができないので捕れる。

おもしろいことに、これら捕った小鳥を篭に入れて、やはり木に下げておくと、仲間が餌を運んでくることも、子供には感動ものである。この御仁《ごじん》、霞網も持っていて、うらやましくもあったが、この猟、間もなく法律で禁じられた。

鶏冠《とさか》よ、出るな伸びるな

子供のころは動物を飼いたがるが、山羊のような大型のものは、場所も広くとるし、第一餌の量が多いから、とても親から許してもらえなかった。しかし、鶏や兎なら子供の世話でどうにかできる範囲なので、飼うことを許してもらえた。

中でも鶏を飼うことは子供達の間ではやり、ひよこから育てた。戦後もしばらくたつと、受精卵を育雛器《いくすうき》で孵《かえ》して育てる養鶏業者もあちこちにできた。決まった時間がたって、育雛器の箪笥ふうの引き出しが開けられると、中から孵ったばかりの雛が盛り上がるように出てくる。それらが大笊《おおざる》に入れられ、表で待つ鑑別士のもとに運ばれていく。

多分こう書くのだろうが、この稿を書くに当たって辞書等で鑑別士なる職業を調べてみたが、一切出ていない。それはともかく、その鑑別士の早業に、子供の私達は驚かされたのである。

脇に置かれた大笊から、右手でつかむやいなや、親指の腹でひよこの尻の毛をめくり、雌雄を鑑別するのである。ほんの一、二秒の早業である。雌雄の鑑別の済んだひよこは、右と左の笊に雌雄別に分けられ、雌だけが大事に扱われる。

分けられた雄はどうされるかといえば、大きな養鶏場のそれは、農家に持ち込まれ、煮て豚の餌にされる。よく、当時の夜店で箱に入れられ売られていたひよこの類は、この雄である。

養鶏場や農家への出入りが自由だった子供は、この雄のひよこなら、いつでももらうことができたから自分で飼うことになる。当時は蜜柑箱も林檎箱も木製だったので、これを飼育箱に使った。ひよこなら、小さめの蜜柑箱で十分だった。出し入れや餌やりの折に開ける口を付け、前面に網を張れば完成である。

子供は、ひよこでなく、ひよっこと呼んでいた。子供ながらに、大人びた口を利いたりすると、大人からも、「まだ、くちばしの黄色いひよっこのくせに！」などとからかわれたりもした。

この、もらってきたひよこを飼うにも訳があった。その鑑別士の雌雄鑑別率は百パーセントとは限らないことを子供達がよく承知していた。雄と分かっていて育てたら、成長して雌鶏になった例をたくさん聞いていたから、誰もが雌鶏に育つことを願って育てた。

ひよこの餌は穀類がよかったが、人間の残飯で十分だった。ただ、雌鶏になることを念じて、朝飯の残りの浅蜊や蜆《しじみ》の殻は、石の上で金槌でたたいて、細かくつぶして餌に混ぜた。鶏を飼っている家で、産んだ卵の殻が固くなるようにしていた方法に、子供もならったのである。ただ、もう、雌鶏になることだけをひたすら願った。

暖かい時節ならひよこも飼いやすいが、冬が大変だった。どの子も家の中に巣箱を取り込み、よほど寒い晩は、暖房に電球を入れた。電球の明るさは後にワットで表記されるが、当時は「燭《しょく》」と呼んでいた。私の記憶が間違いでなければ、百燭は百ワットだった。電気の大事な時代だったから、どこの家も六十燭とか四十燭の電球の明るさで生活していた。今で言うトイレなどは、足許さえ見えればいいので、せいぜい十燭の灯で十分だった。ひよこ用の暖房には、もっぱらこの十燭の電球を使った、と記憶している。

ちょっと話が逸れるが、戦中、戦後は、化学肥料などはない時代だから、農家では堆肥《たいひ》か金肥《きんぴ》（糞尿《ふんにょう》）を使った。これらの肥料は発酵してから使うのが原則だが、間に合わない場合は、それ以前の金肥を畑にじかに撒いた。それがため、戦後、食べた生野菜から回虫が腹の中に生まれ、駆除薬の海人草《かいにんそう》を飲まされた。私もその一人である。

一方の堆肥は、改めて書くまでもないが、野菜の屑から、抜いた雑草まで何でもよく、これらを積み上げ、これまた尾籠な話だが、さらに金肥をかけておくと、やがて発酵してきて温度が高くなり、雨が降ったりすると湯気が立ったりもする。発酵し切って肥料として撒く折には、真っ黒な、土に近い状態になっていた。

この堆肥の発酵する温度を利用して、農家の子供達はひよこを飼った。堆肥の山の中ほどを削り取り、くだんの蜜柑箱の巣箱をはめ込むのである。これが、一種のオンドル効果となって、私達の十燭電球育ちより、ひよこは元気になっていく。

やがて、ひよこには白い羽根が目立ち始め、丈も大きくなり、そろそろ私達の期待の時期になる。鶏冠の生えるころなのである。頭の天辺に鶏冠の朱が見え始めると、ひたすら、「出るな、伸びるな」とつぶやく。そんな思いに反して大方は雄鶏で、やがて鶏冠が大きくなり、折れ曲がって、当然のように、「コケコッコー」と鳴いて、時を作るようになる。これは中学生になってからだが、コケコッコーの擬音を、英語では「クックドゥードゥルドゥー」と呼ぶことを、英語の教師から教わった。

この雄鶏は、町の肉屋にさばいてもらって鶏肉にするのだが、自分たちが飼っていたからなのだろう、弟も箸を付けようとしなかった。一度だけ、期待通りに雌鶏に変じたことがあったが、この親鶏、いっこうに卵を産んでくれない。しびれを切らして、母の助言で肉屋にさばいてもらったら、肉屋の言うことには、「数日後から、産むことになっていたのに」だった。その証拠に、まだ、ブヨブヨの白い殻に包まれた卵から、小指の先ほどの大きさの卵までが、さながら念珠のようにつながった塊として、さばいた鶏肉の中に混じっていた。

雲雀の声、美空ひばりに重ねて

雀捕りの名人でもあった弟は、雲雀捕りにもたけていた。ただこの二つの違いはと言えば、雀の方は食べるためだけの猟だったが、雲雀の方は、食べるどころか、文字通り猫かわいがりの様相であった。ただ雲雀は雀と違って捕るのも飼うのも至難の技を要した。

これは歳時記などにも書いてあることだが、三、四月ごろになると大空でさえずり始める。別名の告天子《こうてんし》とはよく言ったものである。この雲雀、四月から七月ころに巣作りを始める。大方は野原や河原の草の中に、格好よい椀形の巣を作り、雛を育てる。

雲雀より空にやすらふ峠かな　芭蕉

わが背《せ》丈《たけ》以上は空や初雲雀　中村草田男

ただこの雲雀、どんな名人でも飛んでいるものは捕れない。ではどうするかだが、雲雀捕りは、天から下りて巣に戻ったところを、つかまえることにしている。しかし雲雀も利口もので、巣は下りた場所に決してないから、子供も下りた辺りに目を凝らす。すると雲雀は、下りたところから巣まで地面を一目散に走る。

これを見届けるのにふさわしいのが、そろそろ麦秋の時節を迎える麦畑だった。畝と畝の間に長い空間があって、遠くまで見通せるからである。巣は案外簡単に見付かった。

野原や河原の場合は、下りたと覚しき辺りまで数人で近づき、一斉に大声を張り上げる。すると雲雀は、直接巣から飛びたつので、それと分かる。

もう、こっちの物である。この時季はたいがい椀形の巣の上に、卵か雛が鎮座している。卵は三、四個はある。雛の方は茶色の産毛に覆われている。子供達は、卵なら何日後に、雛なら何日後に捕りにくればいいかを知っていた。

早速、雛を育てる巣づくりに取りかかる。当時は段ボールなどない時代だから、箱と言えば、林檎か蜜柑用の木箱である。雀や四十雀《しじゅうから》などと違って、雲雀の場合は飛び上がる習性があるので、林檎箱を縦に使い、天井に当たる部分には、魚捕りに使う糸を編んで作った軟らかい網を張った。飛び上がるたびに天板にぶつけるので、頭が禿《は》げて、これが命取りになることを、子供は皆承知していた。

餌は雀と同じように地蜘蛛と決まっていた。私の子供のころは土蜘蛛と呼んでいたかもしれない。木の根方から地中に灰色の袋状の巣を延ばし、その中に棲む。地上から巣を引っ張るとすぐ切れるので、周りの土を手で掘って、そっと引き抜く。底にいるその蜘蛛を、爪で千切って食べさせるのだが、この餌だけはどの小鳥も喜んで食べる。

捕った当初は、日夜丹念にめんどうを見るが、やがてそれもおろそかになる。そろそろ母親の叱声、「もう逃がしなさい」が出るころである。

これは大人の、それも好事家《こうずか》の間にはやった遊びだが、「揚げ雲雀・放し雲雀」なるものがあったと文献にはある。飼い慣らした雲雀を野外で放ち、そのさえずりを楽しみながら、再び篭に戻るまでの声と滞空時間を競う遊びだから、随分優雅なことである。

美声だけでなく、味の方もなかなかだったから、鶴や雁より珍重され、将軍家では鷹匠に捕らせて宮中に奉り、諸侯にも賜った、という話が、江戸時代の『本朝食鑑』にも出てくる。

その折、鳴き声があまり良いので、高さ数十尺の竹篭の上に長い網を張って飼い、馴れると日がな一日美しい声で鳴いた——ともあるから、私どもの少年時代とは随分と違う。

「ひばり」の語源にも触れておかなくてはなるまい。貝原益軒は「日晴」説を言い、「晴れたる時、高くのぼるなり」と書く。大方の意見が益軒と対立する新井白石さえも、この説を支持する。

私と同年齢で、戦後美声を誇った美空ひばりの「ひばり」も、私にはどこか雲雀の声に重なる。

夏

誰もが祈って「てるてる坊主」

かつての子供は、運動会や遠足の前日ともなると、晴天を願って必ずてるてる坊主を作って、軒下や窓枠に吊るした。真四角の白い紙や晒布《さらし》の真ん中に芯《しん》を入れ、首のところを糸で括った簡単なものだった。そんなてるてる坊主が吊られているのを見ると、「この家にも子供がいるんだな」と思ったものである。

そんな習慣を情緒的にさせてくれるのは、童謡の「てるてる坊主」があったからかもしれない。大正十年（一九二一）に、浅原鏡村作詞、中山晋平作曲で生まれたこの童謡は三番まであり、三番とも、「てるてる坊主　てる坊主　あした天気に　しておくれ」で始まる。

この童謡は、作詞の浅原が、故郷の長野県の松本城址から山にかかる雲を見て発想したもので、この年の少女雑誌「少女の友」六月号に発表されて有名になった。

改めて書くまでもないが、一番は「あした天気に　しておくれ」の後に、「いつかの夢の　空のよに　晴れたら　金の鈴あげよ」と続く。「いつかの夢の　空のよに」の文言が実に優しい。二番は、「私の願いを　聞いたなら　あまいお酒を　たんと飲ましょ」となる。「あまいお酒」とは甘酒のこと。

この童謡は、戦後の音楽教科書にずっと掲載され続けたが、昭和四十五年を最後に姿を消している。その理由は、三番の次の一節にあった。「それでも曇って　泣いてたら　そなたの首を　チョンと切るぞ」がそれである。教師たちから、残酷過ぎるとの批判が多く出たからだという。

てるてる坊主の発想、この童謡にもあるように、私の願いを聞いてくれたら、金の鈴をあげよとか、甘酒をたんと飲ましょとあるので、日本に古くからある人形《ひとがた》が転化したものと思いきや、それは違う。

この元祖は日和坊主のことで、その習慣は中国にあった。中国の清《しん》の時代の年中行事を記した『燕京《えんけい》歳時記』には、「掃晴娘」として出てくる。これを「サオチンニャン」と読む。歳時記の部立てでは、六月の候に入れてある。日本もそうだが、中国の陰暦の五月は雨がことに多く、物が腐りやすく、病人が出やすいので「悪月」と呼んでいる。

そんな季節に、閨中《けいちゅう》（女子の居間）にいる少女たちは、髪を剪り、人形を作って、それを門の左側に懸けるのだという。これが掃晴娘で、文字づらも、いかにも中国らしい表記と言える。この人形作りの静かさに、日本の俳句を当てはめると、

部屋ごとに静けさありて梅雨兆す　　能村登四郎

の一句が似合うかもしれない。

日本では、江戸時代になってから、てるてる坊主が作られ始めたが、中国との違いは坊主頭にあった。『嬉遊笑覧《きゆうしょうらん》』には、坊主を吊りてもし雨が止めば、目と鼻と口を付けてお祀りする、とある。そう言えば、私達子供のころも、願い通りに天気になった折、顔を描き入れた記憶がある。

西日本には現在も日和坊主の形が残っていて、白い坊主頭のところまでは同じだが、逆に雨乞いに使う時は、頭を黒くすることになっている。この両様の使い方は、「ころり道心」の珍奇な名で茨城県や福島県に残っていて、日乞いと雨乞いの両方に使うという。

こうした人形のどれもが、坊主頭なのにも意味がある。かつての天気祭の司祭の多くは、旅の僧の聖や修験者だったからというのだ。この話は、少々信用しがたいところもある。

夜な夜な墓で度胸試し

私の子供のころ、と言っても終戦前後のことだから、随分と昔の話だが、子供たちにとって怖い話がたくさんあった。夜、家から人魂《ひとだま》が飛ぶと、翌日その家から必ず死者が出る――などは、怖い話の最たるものだった。事実、死者の出た日などは、「そう言えば、夕べあの家から、人魂が出るのを見た」なる話が、まことしやかに伝えられるから、子供達は縮み上がった。

屋根に止まった烏が、三声続けて鳴くと、必ずその家から死者が出る、といった話も多く、正直いって私も、大人になってからも、この烏鳴きを気にしてきた。

怖いもののもう一つは人攫《ひとさら》いだった。夕暮れまで外で遊んでいる子供に、親が必ず言った言葉は、「いつまでも外で遊んでいると、人攫いが来るよ」だった。実のところ、私の父の兄、つまり私にとって伯父だが、八歳か九歳のころ、遊びに出たまま戻らなかった。この事件を祖母は死ぬまで「人攫いの仕業」と言い続けた。

寅さん記念館などが募集した第三回「寅さん俳句大賞」の入賞作品に、

ひとさらい来るぞ小僧よ大夕焼

があるが、これなどは、渥美清扮《ふん》する、ややお節介焼きの寅さんに、こう言わしめた台詞《せりふ》でもある。

これら怖さの根本は、夜の「闇」にあった。今のように、コンビニの灯が一晩中点されている時代ならいざ知らず、闇は子供にとって死の世界でもあった。

子供も少し長じてくると、この闇の世界を逆手にとって、度胸試しなどという遊びを行った。その場は必ず墓地と決まっている。遊びに先立って先輩達から怖い話をいっぱい聞かされるから、始まる前から足がすくんでしまう。

私達がよく行った度胸試しは、町一番の大きな寺の墓地で、この墓所の一番奥の笹むらの中に一本の土管が立っていて、これは死産だった赤子の臍の緒を納める場所だったが、墓の中を幾曲がりもして着いたその土管に、証拠として白墨で署名してくることだった。

この土管までは一人ずつ、つまずかないように提灯が持たされた。とは言え、途中の墓には、骸骨の顔を描いた絵が立て掛けてあったり、隠れている者が唸るような声を上げるから、尋常の怖さではない。

子供達の間には、人魂が夜光るのは、埋葬した死体から出た燐が、雨に濡れると光り、それを夜行性の鳥がくわえて飛ぶからだという、もっともらしい噂が立った。自分達の怖さを否定するには、ふさわしい話だった。

この燐を、人工的に作る話も広まって、私も早速作った。当時の火付けは燐寸《マッチ》しかない時代だったし、その燐寸に付いている擦り板から燐が取れることも分かった。その方法とはこうである。燐寸の側面には、燐寸棒をすり合わせる板が付いているが、この板を箱からそっとはがすと、薄い紙状のものが取れる。これを割れた茶碗などの反った部分に乗せ、端から炎にならないように火を付けて、ジワジワと燃やす。すると陶面に真っ黄色の物質だけが残る。これが目指す燐なのである。

この燐を、親指と人差し指でこすり、暗闇の中で見ると光る。大発見である。これが、夜、鳥がくわえて飛ぶ燐かとも思った。早速、先の度胸試しに採用することになった。どこの家にも燐寸箱は転がっているから、手分けして燐を集めた。昼間から、くだんの墓地に集まり、墓碑面に塗ったくって回った。夜になって、いざ度胸試しの段になっても、この燐、いっこうに光らない。それ以上の化学知識のない面々、「雨が降らないとだめなんじゃない?」の結論で幕となった。

こんな話にふさわしい歌が、『万葉集』一六に残っている。

人魂のさ青《を》なる君がただひとり逢へりし雨夜の葉非左し思ほゆ

川遊びと、怖い雷

プールなどない時代に育った私達の子供のころは、水遊びと言えば近くの川でしかできなかった。海なし県の群馬で育っているから、海で泳ぐことなど、まさに夢の夢でもあった。それも、半ズボンのベルトと、腰に手拭いを一本下げていればどこでも泳げた。ベルトの後ろに手拭いを縛り、その先を前のベルトにくぐらせれば、いっぱしの褌《ふんどし》になった。だからどの子も、褌の跡だけが白く、体中が真黒に日焼けした。

ふどし結ふことが愉しや泳ぎの子　　軽部烏頭子

こんな一句を見ると、そんな時代が思い出される。

泳ぐ川は、家からほど近い幅三十メートルほどの石田川と南に半道（一里の半分、二キロメートル）の利根川の二つがあった。石田川には灌漑用の堰があって、高い水門があり、水深は三メートル余あった。この水門から飛び込むには一種スリルがあって、下手に飛び込むと水底の石に頭をぶつける羽目になる。それも慣れてくると、腕を上にそらせて飛び込んで、うまく浮いてくるようになる。

この川での不幸は、近くにあるT酒造からの下水管が注いでいることであった。ここでは藷焼酎《いもじょうちゅう》を作っていて、その酒粕は、農家の牛馬の餌にするとのことで、時々、粘土状のそれを積んだ荷馬車を見かけた。その酒粕を絞った廃液がこの川に流される。予告もなしにである。それも膨大な量だった。

この焼酎会社を、どんな字を書くのか知らないが、みんな「よも」と呼んでいた。誰かが「よもが流したぞ」と叫ぶと、途端に焼酎と覚しき異臭が漂ってきて、川が茶色く濁り始める。この一瞬に皆陸に上がるが、少しでも後れようものなら、鼻の脇《わき》から目のくぼみ、耳の後ろにまでこの茶色の異物が付着して、なかなか取れなくなる。

この「よも」の廃液流しで、子供にとって唯一の喜びは、小魚が浮くことだった。多分この廃液にはアルコール分が含まれていたのだろう。こんな事態を予測していた誰かが、たも網を用意してくるから、以後は魚捕り合戦になる。鰻や鯉、鯰といった大型の魚は浮かないが、鮒や鰱《たなご》、鮠《はや》といった小魚が白い腹を見せ、浮き始めるから、争奪戦が始まる。

こうした堰の上で泳ぐときは、水の流れも止まっているから、平泳ぎも背泳ぎもできるし、まだ犬掻きしかできない、小さい子にも格好の水泳ぎの場となった。ただし、川の流れの速い所で泳ぐには、やはり抜き手に限る。この泳ぎは自由形のクロールの泳ぎ方で、これと違うのは、首を上げ、頭を出して泳ぐ方法だった。

一方の利根川は、台風の後や雪解け水の多い季節以外は、それほど水量は多くない。ただ子供たちが本水と呼ぶ本流は流れが速く、浚渫船《しゅんせつせん》で砂利を掘ったところは深く、小渦がたくさんあった。子供達はここを「ふかんど」と呼んで緊張した。この「ふかんど」に漢字を充てると「深所」となることは、大人になってから知った。この渦の多い「ふかんど」と速い流れを泳ぎ切るには、先の抜き手の泳ぎ方が必要だった。それでも流されながら、一キロも先の埼玉県側の対岸にやっとたどり着くほどだった。

こうして絶えず泳いでいる子供に怖かったのが雷だった。不意にやってきて、稲妻のあと落雷の大音響、外にいるとこれほど怖いものはない。そのための防衛策は子供なりにいくつかあった。

その雷を、病臥《びょうが》の石田波郷は、こんな風に詠んだ。

雷落ちて火柱見せよ胸の上

用心の第一が、東北の方角の御荷鉾山《みかぼやま》に雲が掛かったら、雷の前兆なので、できるだけ早く水から揚がることだった。御荷鉾山が見えない場所でも、この方角に出る雲には用心した。御荷鉾山とは、藤岡市と神流《かんな》町、旧鬼石《おにし》町（現藤岡市）の境にある山である。昔から山岳信仰でも知られる山でもあった。

これは少しあとの、高校生のころ知った言葉だが、大人達の間で言う「御荷鉾の三束《みつたば》半《はん》」がある。つまるところ、この御荷鉾山に雲が掛かったら、刈った麦の束を、三束半束ねるか束ねないうちに、雷がやって来る——速さのことを言った言葉である。

その第二は、雨宿りに木の下に入るな、である。当時といえども、駅舎や工場など大きな建物には避雷針が備えられていたが、木にはそれがない。とくに高い木ほど怖い。私の近くの寺には護神木として、樹齢五百年の杉が五本あったが、うち三本は梢から中ほどまで落雷で裂けていた。先日、茨城、栃木を襲った竜巻の折、木の下で一人が雷に打たれて死んでいるが、これなどはその例である。

その三つ目は金物に近づくな、遠ざけよ、ということである。まず取り除くのが、ズボンのベルトの金具や、ポケットに入っている貝独楽《ばいごま》、小銭のたぐいである。それから、自転車には乗らない、水門の金具には近付かない、トタン葺きの屋根の小屋には入らない、などを徹した。比較的安全だったのが、田や畑の畦にある、稲を干す時に使う稲架木《はさき》や、祭りの際幟《のぼ》り用に使う木を横にしてしまう小屋などだった。ただしこれも、トタン葺きだったら入らなかった。

中学生くらいの生意気盛りともなると、雷を科学的に見ることも覚えた。雷の閃光を「お光」と呼んでいた。これは一瞬にやってくる。これと一緒に発生したはずの雷鳴、つまり「ゴロゴロ」は少し後れて届く。光速と音速の違いである。

これは中学の理科でも習うが、音速は摂氏零度の場合、秒速三三一メートルで、一度上がるごとに〇・六メートル速くなる。例えばこの日の気温が三〇度だとすると、秒速は三四九メートルになる。だから私達は、閃光から雷鳴までの時間を手計りした。つまり、この一〇秒は距離にして三・五キロ・メートル離れているので安心した。

怖いのは、閃光から雷鳴までの時間が近いことである。そんな時は、頭を抱えて地面に伏せるしかない。このことと関連すると思っているのが、戦時中広島に落ちた原子爆弾の別名「ぴかどん」かもしれない。原爆が爆発して「ピカッ」と光ると同時に、「ドーン」の大音響で辺りが壊滅する――というのが、その名のいわれである。案外知られていないのが、この命名者が広島の子供だったことだ。この「ぴかどん」は、子供の頭に雷のイメージがあったはずである。

御輿《みこし》とアイス・キャンディー

吾が一家ともども、群馬の片田舎に疎開していた伯父一家六人は、昭和二十四年、粗末ながらも、東京・神田の小川町に住居を兼ねた事務所を建て、帰って行った。戦争直後の紙不足は、出版業を営む伯父には痛手だったが、その紙の入手に見通しが付いたからの帰京だった。

伯父の住んでいた家は、吾が家が借りていた家より広いので、早速そこに引っ越した。私の町は人口が当時七千人ほどあり、町の中心の一丁目から八丁目は商店街でアスファルト舗装されていて、他は全町ほとんどが農家だった。その農家の子から見れば、町場はうらやましい限りだから「お町」と呼んでいた。私ももちろんそう呼んだ。

各集落でも祭りは行われたが、私達あこがれの「お町」の祭りは勇壮で、何基もの御輿が出て、時々御輿同士がぶつかった。時には酒屋の大店に押しかけ、「酒出せ、酒出せ」とわめき、酒が出ないと、店先の柱に御輿をぶつけて壊したりもした。

御輿は字義通り神の乗るものだから、高いところから見下ろしてはいけないことに古くからなっているが、仮に二階から見下ろす家があろうものなら、酒屋同様に、御輿をぶつけて柱が折られる。

子供の御輿もこれを真似てのことなのだろう、大通りに二軒あるアイス・キャンディー屋の前で「キャンディーくれ、キャンディーくれ」と御輿を揉む。主は心得たように、大《おお》笊《ざる》に山盛りにして、店先の床几《しょうぎ》の上に置いてくれる。

こうした町場での一部始終を脇から見ていた私にとって、お町の子として、これら祭りに参加できることは喜びであった。そしてもう一つ、子供心にアイス・キャンディー屋の子に生まれたかったと真底考えていた。

そのアイス・キャンディーは当時いくらしたのだろう。十銭とか十五銭のお札を使った思い出は疎開前の東京時代までで、お祭りなどの折、母からもらう小遣いは一円札二枚だったり五枚だったりした覚えがあるから、その程度だったのだろうか。そんなころ、新十円札も出ていた。このお札の図柄は文字に見え、それを右から読むと「米国」とも読め、一時、進駐軍へのはからいだろう、と物議をかもしたことがある。

翌二十五年、私は中学生になったが、この年の六月に朝鮮戦争が始まっている。その中学たるや、新制中学の発足を機に、数年前に諸畑を掘り起こして造った学校だから、雨が降ると庭中が蚯蚓《みみず》だらけになる。しかも、中学校前に幅三十メートルほど芝生が長く続いていた。滑走路である。

この芝の先が、旧中島飛行機の跡地で、終戦とともに進駐軍の基地となった。ふだんは使われず、女の子達の四つ葉のクローバー採りの場でもあったこの滑走路に、朝鮮戦争が始まった途端に、時折小型飛行機が舞い下りるようになった。

つれて、日本人とまったく同じ顔をした韓国兵が、軍服姿で町中を歩く様子も見られるようになった。そしてこんな噂も立ち始めた。農家の畑から大量の唐辛子が持ち去られるというのである。

朝鮮戦争の一進一退が連日伝わる中、この米軍基地内でバザールが開かれることになり、町民がこぞって出掛けた。私の母は洋裁を業としていたから、今日本で流行の通販のスタイルブックを大量に買った。私は大型のマガジン・ラックと、漫画のミッキーマウスなどを買った。

中でも人気があったのが、米軍用の天幕や寝袋などで、当時はカーキ色と言わずに国防と呼んだ色だった。日本のものより身丈の長い寝袋が、どうしてこんなにも多いのだろうと、子供心にも思った。朝鮮戦争が終わったのは、三年後の昭和二十八年だが、そのころ誰言うともなく伝わってきたのは、かの大量の寝袋は、朝鮮からの米兵の死体の運搬に使われたものだった。

中学に入ると、やはり新卒の女の英語教師に習った。親しくなった友人が、「先生の給料いくら?」と聞くと、迷うことなく先生いわく「三千円」と。私は忙然と、アイス・キャンディーが何本買えるかな、と思っていた。

百姓の手に手に氷菓したたれり　右城　暮石

水際のみどりの深き氷菓売　岡本　眸

蛍は火垂る、星垂る

戦時中に疎開した群馬は、純農村地帯で、どこを見渡しても田や桑畑ばかりだった。遊具もない時代だったから、赤城山の裾に広がる田畑は、格好の遊び場だった。中でも田に引く用水の流れる川は、子供にとって天国だった。

蛍狩りもその一つである。蛍の捕れる夜は、風がなくムーッと暑い日と決まっていた。大人になった今も、こんな蒸し暑い夜を迎えると、不思議なことに、「蛍が出そう」と思う。

蛍狩りに用意する物は竹箒《たかぼうき》が一本あれば十分である。それも使い込んで先が短くなっている物ではなく、下ろし立ての枝のたっぷりしたものがいい。なければ笹の枝を束ねたものでも十分だった。蛍篭などといったしゃれたものはないから、これまた用途の多い、手拭いを二つ折りにして縫った袋を、腰に下げて出掛けた。

出掛ける折に母が必ず言う一言は、「蛍を触った手で、目をこすらないのよ」だったが、今でもその理由は分からない。

何人か連れだって行くから、誰が唄うともなく、くだんの「ホー、ホー、蛍来い。あっちの水は苦いぞ、こっちの水は甘いぞ」の合唱が始まる。子供のはしゃぎ心に火がつく。川縁の道は、狭くて起伏があるから、夜道は危ない。必ず一人二人は川に落ちてびしょ濡れになる。目当ての蛍は、空中を低く高く飛ぶから、子供の竹箒では届かないことが多い。川端の茂み近くにいるやつは比較的狙いやすい。箒に蛍がからんだら、すかさず足許の地面に下ろして捕る。手拭い製の袋に何匹かたまると、姿は見えないのに、蛍火が布を通して明滅する。

こんな時、何級か先輩の仲間の一人が、文部省唱歌の「蛍」を、決まって唄い始める。私の覚えている第一節を書いてみると、こんな歌詞である。

蛍のやどは川ばた楊《やなぎ》、
楊おぼろに夕やみ寄せて、
川の目高が夢見る頃は、

ほ、ほ、ほたるが灯をともす。

子供心に、この歌に詩を感じていたのだろうと思う。

歳時記の仕事をするようになって、私も覚えたのだが、この蛍の語源は、「火垂る」や「火照る」「星垂る」などであることを知った。そう言えば、蛍の飛ぶころ咲く「蛍袋」に、「星垂る」の文字を充ててみると、この花に蛍を入れて遊んだ時代のことが思われる。

宵月を蛍袋の花で指す　　中村草田男

と詠まれた場面は、まさに虚の世界に誘ってくれそうである。

虚のことを書いたついでに、こんな故事も思い出す。古くは、蛍を人の霊魂とみる思いもあり、それに適う和歌も残っている。

平安中期の中古三十六歌仙の一人に数えられる和泉式部《いずみしきぶ》の歌がそうである。その式部の許に通って来る男の足が遠のいた。思案した式部は、山城国《やましろのくに》という、今の京都府の南部にある貴布禰《きぶね》（貴船）神社に詣でて、

物思へば沢のほたるも我身よりあくがれ出る玉（魂）かとぞみる

と詠んだ。すると、御社《みやしろ》の内から、忍び声で神の返歌があった——という話が『古今著聞《ここんちょもん》集《じゅう》』などに出てくる。

こうした、蛍を人の魂だとか、死霊の化身とする伝承は全国に多いが、これは蛍の現れる時期が、ちょうど盂蘭盆会《うらぼんえ》のころと重なるからだとされる。

子供にとって少々寂しいことだったが、この蛍が私達の目の前から消えた。昭和二十年代の半ばだったろうか、全国の農家が殺虫剤、ＤＤＴを使い始めたのである。このお陰で、秋の実りの田を覆う害虫、蝗《いなご》などは見事に姿を消したが、子供の漁の対象だった泥鰌《どじょう》も田螺《たにし》も鮒も鯰も田や川から居なくなった。当然のことながら、川蜷《かわにな》を餌とする蛍も消えた。

蛙を餌にザリガニ捕り

田川で捕れる魚貝類の中でも、これほどの量が捕れて、面白く、しかも食糧の足しになったものはない。それはザリガニである。群馬で子供時代を過ごした私は、夏の放課後のほとんどの時間を、この漁にうつつをぬかした。

ざり蟹のからくれなゐの少年期　　野見山朱鳥

まさにこんな日常だった。

私と同じように疎開していた仲間の多くは、糸の先に鯣《するめ》を縛って釣り餌にしていたが、この方法では一度にせいぜい一、二匹しか釣れない。これに対して地元の連中に近い存在だった私は、彼らにその捕り方を習った。

まず五、六十センチの棒の先に、糸を括る溝を肥後守《ひごのかみ》で作り、土地では「かつ糸」と呼ぶ凧糸を垂らし、その先に、鯣ならぬ蛙を付ける。その蛙は、田川のどこにでもいる殿様蛙である。餌の付け方も少々残酷である。

この蛙、地面にたたきつけると、キューと一声鳴いて死ぬ。ここからが残酷きわまりないのである。脚を折り、むけたその個所から皮を頭に向けて剥ぐと、さながら徳利セーターを脱ぐように頭までむける。残酷さはさらに続く。地元では、腸《はらわた》を、どういうわけか「じんばら」と呼ぶ。また肥後守を出して腹を割くとじんばらが出てきて垂れ下がる。これで餌の準備は完了となる。

その脚を糸の先に括り、ザリガニのいそうなよどみに垂らすとすぐ、ザリガニが両方の鋏をかざして口に運ぼうとする様子が、上からものぞける。ここでタモ網を差し込むと収獲は一匹に終わるから、辛棒が肝心の時である。ややあって網ですくうと、大体五、六匹の漁になる。

子供の間で「まっかちん」と呼ぶ、小型の伊勢海老ほどの真っ赤なものから、三、四センチの子まで、一緒に揚がってくる。この大漁の場所は、子供達の間でも内証事だから口外はしない。一時間もすると、持ってきた馬穴《ばけつ》は一杯になる。

これを持って帰ると、母は決まって「そんなものを、また！」というが、ついでに我が家の単純な食べ方を紹介する。頭を取り、尾の殻を外すと、大きめのザリガニでも、大人の親指ほどしかない。馬穴一杯のものが、小どんぶり一杯ほどになる。冷蔵庫などない時代だから、夕飯前に手早く処理する。これに塩を振り、どこの家にもあった素焼きの焙烙《ほうろく》で煎《い》ると、やがて赤くなり、私達の夕餉の一品になる。

大人になって知ったことだが、日本固有のザリガニは、北海道と北東北に棲息し、南限は、岩手県二戸市（太平洋）と、秋田県大館市（日本海）だと物の本にはある。だとすると、私達がもっぱら捕ったものは、アメリカ・ザリガニということになる。

かつて、『季語・語源成り立ち辞典』（平凡社）を書く折に調べたところ、アメリカ・ザリガニが、日本で初めて見つかったのは昭和の初めで、その場所たるや、神奈川県の大船辺りだと、物の本にはある。その後、食用としての評価が高く、アメリカから輸入されたとあるから、その子孫が、あれほど田川に繁殖したのだろう。

ところが、昭和二十年代の半ば、防虫剤、ＤＤＴの普及で、私達子供の前からザリガニは消えた。

置き鉤《ばり》を仕掛けて鯰《なまず》

大人になって知ったことだが、中国では、鯰と書けば鮎のことで、逆に鮎と書けば鯰のことを指すのだという。そう言えば、京都の妙心寺にある国宝「瓢鮎図《ひょうねんず》」はまさにその使い方である。室町時代の画僧、如拙《じょせつ》によって描かれたこの水墨画は、瓢簞《ひょうたん》で鯰を押えるという、禅の公案を表している。ここでも、中国流に鯰と鮎が逆に描かれてある。

こんな堅い話は脇に置いて、ここでは、子供時代に私が興じた鯰捕りの話を書かなくてはならない。

当時、鯰捕りにかなった方法は、置き鉤《ばり》だった。その名の通り、前夜仕掛けたこの鉤を、翌早朝揚げる漁法である。五十センチほどの棒に、頑丈なかつ糸（凧糸）をつけ、鉤の号数は忘れたが、大きな鉤をかけ、これに餌を付ける。この餌がまた振るっている。正式の呼び名は知らないが、井戸の流しの周辺にいて、群馬ではウタウタミミズの名で呼ぶ十センチほどの蚯蚓《みみず》が一般的な餌である。これがない時は、芋虫や、胡麻の葉にいる色鮮やかな虫を使う。

これも、大人になり、俳句を始めてから知ったことだが、「蚯蚓鳴く」の傍題季語に「歌女《かじょ》鳴く」がある。少し荒唐無稽な言葉だが、民間に伝わる説話を材にした季語である。蛇は昔、目を持たなかったが、その代わり歌が上手だった。その蛇のもとに蚯蚓がやって来て、歌を教えてくれるよう乞うた。乞われた蛇は歌を教えることと引き換えに蚯蚓の目をもらった——と、いうのだ。事実子供のころの私の周囲には、歌が上手になりたくて、蚯蚓を煎じて飲んだ人の噂が絶えずあった。

引用が大分長くなったが、鯰捕りに使ったウタウタミミズのことを思うと、その「ウタウタ」が、この「歌女」の思いにつながる。

さて本題の鯰捕りだが、夕暮れになるころ私達は田川に出掛ける。その田川に沿った畔に棒切れの竿をしっかり挿し込む。そうしないと、大鯰が掛かった折、強い引きで竿が抜けるからである。各自三十本ほどを掛ける。その夜は興奮して眠れないことが多い。

翌朝は薄暗いうちに出掛ける。そうしないと他のグループに捕られるからである。土から竿を抜いた途端重いのが鯰である。しかも他の魚のようにバシャバシャッと暴れない。この鯰は一日に何匹か捕れる。鯰には年齢があって、尾が割れていないものを一歳鯰と呼ぶが、二つに割れているものは二歳鯰、三つに割れたものは三歳と呼んで珍重する。ことに三歳は滅多に捕れないうえに、仕末の悪いことに鯰は揚げると、じきに白い腹を上にして死ぬ。友人の捕った三歳鯰は、田に迷い込んだものをしとめたもので、近くの家に急いで持って帰り、盥《たらい》に放したものだった。尾と頭が盥の端に届くほどの丈の三歳だった。興奮した友人が触れ回り、私も呼び出された一人だった。

歳時記にもこんな大鯰が出てくる。

大鯰生かして昼寝むさぼれる　　下田　稔

鯰はすぐ死ぬ上に、身がゆるく、あまり美味ではないから、捕った手前やっと食べたものだ。大人になって、東京・浅草の泥鰌《どじょう》の老舗《しにせ》「駒形どぜう」で食べた鯰は滅法うまかった。やはり味付けが違ったのだろう。

鯰捕りの置き鉤に、時々鰻《うなぎ》が掛かる。鰻は穴釣りでも経験しているが、掛かった時の引きがべらぼうに強い。その引きが強いゆえにだろう、糸が首にからんで死んだ状態で掛かっている。

鰻が捕れた日は、勇んで凱旋する。こんな日の夕膳《ゆうぜん》には、母の割いた鰻の白焼きが並ぶのである。

蘊蓄《うんちく》を傾けるようだが、日本にいる鯰には三種類ある。一つ目は泥鯰で、二つ目はアメリカ鯰、そして三つ目が岩《いわ》床《とこ》鯰である。先の田川で捕れた鯰は泥鯰である。中でも食べたことのない岩床鯰を求めて探しあてたのが、東京・新大久保の、その名も「なまづ屋」である。

泥鯰と違って岩床鯰は清流に棲む魚。「なまづ屋」のそれは、岐阜県の渓流で捕ったものという。生きたまま東京まで運び、この店の地下にしつらえた大きな水槽で飼う。廊下にあるのぞき窓から水槽を見ると、清流の魚には珍しく水底にはりついている。それもそのはず、水温が高いとこの鯰、共食いをするので温度を下げてあるというのだ。

さて味の方だが、最初に出てきたのは刺身の梅肉和えである。ややあって、鯒《こち》の薄づくり風に、絵皿に並べて薄づくりが出てくる。とても私の想像している鯰の味ではない。ご主人の言葉を借りれば、初めての客の大方はここいらで、「そろそろ、本物の鯰を出してくれ」と言うのだそうである。

梅干しと筍しゃぶり

筍好きにとって、春から夏にかけては、その季節を十分過ぎるほど楽しめる。三月に入ると鹿児島産の札を付けた筍がまず店頭に並ぶ。桜前線同様に、この筍も次第に北上し、四月の中ごろになると京都産のそれが出始める。京都産は大きなものは出てこず、ほどよい大きさだが、にもかかわらず値段は滅法高い。京都では秋から冬にかけて、藁や下草を園内に敷き、更にその上に土を入れて管理するから、味もいいし、第一やわらかい。

この時期を過ぎ、四月から五月にかけて、地場物と称する筍がやっと出回る。季語としての筍が「なぜ夏なの?」と思っている向きは、ここで得心する。

筍の荷がゆく朝の札所前

飯田　龍太

こんな出荷風景があちこちで見られるようになる。

今でこそ、身だけを食べて皮は捨てるが、私の子供のころは、この皮を乾燥させて、食べ物の包装に使った。これを「ひげっ皮」と呼んで、経木《きょうぎ》が出回るまでは、もっぱらこの皮を商店も使った。古くは皮を割いて草履《ぞうり》を作ったりもした。

子供もこの筍の出現を待っていた。かつての大家族は、庭にしつらえた大鍋で沢山の筍を丸ごと茹でた。今のように皮をむかずに、米糠《こめぬか》をどさっと放り込むだけだった。子供の待つ皮は、硬くなく、しかも軟らか過ぎないものだった。これを使って、一般にそう呼ぶかどうか知らないが、「筍しゃぶり」を作る。

唇にさわらないように、皮の表面に生える産毛《うぶげ》状のものは束子《たわし》でこそぎ落とす。円錐形の底辺の軟らかい部分も切り落とし、後はこれにはさむ梅干しを用意する。しゃぶっている間に邪魔になる種は抜き、梅肉を千切って細かくする。この代物を、筍の皮を二つ折りにした中心部に入れ、裾の皮を内側に折り曲げると逆三角の物が出来上がる。これで完成である。

この筍のしゃぶり方だが、逆三角の上辺に唇を当てて吸うようにし続ける。味も塩気もないから、当初は退屈するが、そんな時は、逆三角の両角を吸うと、ここからほどよい梅干しの塩気が出てくる。こんな繰り返しをしているうちに、これまで吸い続けた筍の皮の表面が赤くなり始め、ここからも梅干しの味が滲み出てくる。
二、三時間もすると、脇からも吸ったせいか、中身の梅干しもほぼ空っぽになるが、同時に、筍の皮を真っ赤に染め得た優越感にも浸れる。
梅干しの代わりに、梅漬けに使った赤紫蘇《あかじそ》でもよいが、それもなければ味噌を使う。しゃぶり終わった皮は丹念にさいて、チューインガムのように嚙んで、吐き捨てた。今思い出すと、自分でも哀しくなる遊びでもあった。

この筍の食用としての歴史は古く、『古事記』にもその名が見える。火の神を産んで身《み》罷《まか》った伊邪那美命《いざなみのみこと》を追って、黄泉国《よみのくに》に行った伊邪那岐命《いざなぎのみこと》は、この地から逃げ帰る折、髪にさしていた櫛《くし》の歯を投げたところ、その歯は筍に変じたという。追っ手がそれを抜いて食べている間に、逃げおおせたという故事からも、筍がいかに珍重されていたかが分かる。

この筍の季節は、どういうことか雨が多い。これを筍梅雨とか筍流しという。南東

風によってもたらされる長雨のことで、安永四年（一七七五）に越谷吾山《こしがやござん》の著した方言辞典『物類称呼《ぶつるいしょうこ》』にも、伊豆や鳥羽の船乗りが使う船詞《ふなことば》だと書いてある。

きのふ掘りけふは筍流しかな　飴山　実

小麦の穂からチューインガム

昭和二十年八月十五日の終戦の日から間もなく、わが町にも米軍の進駐軍がやって来た。この町は中島飛行機（のちの富士重工）の創設者、中島知久平の出身地だから、大きな敷地を持つ中島飛行機の工場があった。その跡地にやってきたのである。

ある日回覧板が回ってきて、町の大通りの一丁目から八丁目を進駐軍がパレードするから集まるようにとあった。ただし、女性や子供は控えるように、とも追記してあったと覚えている。パレードは東の一丁目の方向からしずしずとやって来る。多分、軍楽隊も同行していたと記憶している。隊列が近づくにつれて、女性は物陰に隠れ始めた。

目の前にやってきた隊列は、ジープもトラックも、私達がそれまで国防色と呼んでいたカーキ色一色で、ジープの脇腹には、スコップや鶴はしと覚しき軍装品まで括り付けてあった。私達子供が見たかった銃や砲は一切携行しておらず、兵は手を挙げて笑顔を振りまいた。こしらえた人形に、「鬼畜米英」と叫んで石を投げてきた、あの怒りが収まっていくのを私は覚えた。

以後、田舎町の様相は一変してゆく。町中にある飲食店の前に、米兵の入店を制限する看板、「オン・リミッツ」と「オフ・リミッツ」が掲げられた。それを見回る米軍の憲兵「MP」も目立つようになった。

子供ながら、よくもそんなことを知ったと思うのだが、米軍人を相手にする女性もたくさん町にやってきた。そんな中で、一人の米兵専属の女性を「オンリーさん」と呼んでいた。そのオンリーさんは、民家の二階や離れを借りて、米兵の夜の来訪を待っていた。

夕方になると、基地から続々米兵が出てくるが、判で押したように、胸に茶色の大きな紙袋を抱えていた。子供ながらも、その中身は「オンリーさん」へのプレゼントでもあるチョコレートやチューインガムが入っていると知っていた。「オンリーさん」のいない米兵も町中をうろつき始めていたから、女性は恐れた。私の母も夕方、突然物陰から現れた黒人兵に、「ママさん、ハズバンドいますか?」と尋ねられたと言って血相を変えて帰ってきた。

くだんの「オンリーさん」に届くチョコレートやチューインガムの類が、町中に出回り始めた。その味を大人は知っていても、子供には初めて出遭う夢の味である。誰もが欲しがった。ことにリグレーの名で呼ぶチューインガムは、一包五枚、いや六枚入りだったかもしれないが、黄色と薄緑色、それにもう一色、白色があった。ガムを噛みながら、間違ってチョコレートを口に入れて一緒に噛もうものなら、解けて喉を通ってしまう。このガム、もったいないから、噛み飽きると、コップの水に漬けておいたりもした。

そんな私の許に、二、三級先輩のIがやって来て、リグレーを売ってやると言う。六枚入りのそれが五円だと言う。当時、お祭りなどの折、親からもらう小遣いは、せいぜい一、二円だから、五円は大枚《たいまい》である。

放課後、五円を工面して、町外れの誰もいない市場の広場に行くとIは来ていた。約束の五円を渡すと、ガムを家に取りに行くから「ここで待っていろ」と言う。待っている間、六枚のガムの配分を私は考えていた。二人の弟には一枚ずつやらねばならないが、残り四枚の行き先も思案し続けた。夕方になっても、Iはとうとうやって来なかった。チューインガムのありがたさを言うために、当時の時代背景を書き過ぎたが、ここからが本題の小麦の穂から作るガムの話である。

戦中、戦後は米が不足していたから、農家は二毛作で大麦、小麦をたくさん作った。大麦は押し麦にして米に混ぜて炊いた。この押し麦は表に茶色の線が一本入っているから、子供達は「兵長」と呼んだ。戦時を経験しているから、どの子も兵隊の階級を知っていた。兵長とは、下から順に二等兵、一等兵、上等兵に続く階級で、兵の制服に付ける肩章は筋一本だから、これを押し麦に見立てたのである。

一方の小麦の方は、アメリカから入ってくる上等なメリケン粉が手に入らないため、この小麦を多く作った。土地では地粉と呼んで、色も少し赤らんでいて、味にも酸味がややあった。また脱線しそうである。

だから、六月ごろになると、これら大麦、小麦が実って畑が茶色になる。これが麦秋で、

麦秋の子がちんぼこを可愛がる　森　澄雄

といった光景も見える。ただ、麦秋の季語には視覚的な色だけでなく、麦の穂が熟れる時発する嗅覚的な匂いの語感も私にはある。

そんな麦秋の季節を子供達は待っていた。まず小麦の穂を四、五個つかみとり、両掌でこすり合わすと、穂の先にある芒《のぎ》と殻が少しずつ取れるから、これに息を吹きかけて飛ばす。こんなことを何度も繰り返しているうちに、小麦特有の、つやつやした赤茶色の核の部分が掌に残る。これが肝心の下準備である。

これを、やおら口に放り込み噛み始める。口の中で赤茶色の表皮がはがれるから、何度も唾とともに吐き出す。やがて、小麦特有のグルテンができ、少しずつガム状になってく

る。これで完成ではない。時々、指につまんで出してみて、茶色の色が残っていたら、噛んで吐き続ける。かれこれ小一時間は噛んだであろうか、指でつまんで伸ばしてみると、ガムのように伸びる。完成である。これもまた、コップの水に保存することになる。

くだんの米兵だが、休暇なのだろう、数人が連れだって、見物のため町中に出てくる。帽子名は知らないが、制服と同じカーキ色の、長方形の帽子をやや斜めにかぶっているから、すぐそれと分かる。子供達もこの帽子に似たものを新聞紙で作った。その米兵の後ろに子供がついて回り、「ギブミー・チューインガム」を連発する。現在、中東やアフリカのニュースで子供が米兵や国連兵の周りに群がり、物をねだる場面のあれである。そんな折の手柄の品を学校に持ってきて、ひけらかす者も現れた。

そんなある日、二人の米兵が我が家の近くの寺にやってきて、寺院の回廊から扁額《へんがく》を見上げながらメモを取っていた。辺りを見回して誰もいないことを確認してから私は、恐るおそる「ギブミー」をやった。メモの手を止めた二人は私を見下し、しばらく睨《にら》んだ後、「ノー!」とだけ言った。私の長い生涯の中で、これほど恥ずかしい思いをしたことは、この時をおいてなかった。

瓜盗人と西瓜泥棒

塾や部活のない時代に育ったから、子供は学校以外は一日中外で遊べた。とくに野や畑に食べ物の多い夏から秋にかけては、子供の天国でもあった。ポケットに塩か味噌を、セロハンに包んで持って出れば口にする物はどこにもあった。

最初に目指すのは青梅である。大人の親指の頭ほどになるころから食べ始める。大人が言うことには、青梅の種が軟らかいうちは、その種に青酸があるので食べるな、だった。ところが子供の中には、それも塩を付けて食べれば安心なる風評があり、この注意にも怖《お》じなかった。

青梅の臀《しり》うつくしくそろひけり　　室生　犀星

のころともなると子供の天下である。木に上っても食べたが、この時期怖いのが、群馬で「デンキゲンム」と呼んだ、一センチほどの毛虫である。この毛虫に内股でも刺されようものなら、三日ほど腫れが引かず、時には熱も出る。青梅が熟して黄色味を帯びて、ぶよぶよしてくると一層うまくなり甘みも増す。もう塩も付けずほお張るだけである。

一方の味噌は、田や川の畦に生えている野蒜《のびる》などを食べるために持ち歩いた。この根は少々辛いが、味噌をつけて食べるに限る。しかし、この野蒜、簡単に引き抜けそうだが、茎を束ねて引っ張ると、たいがいは千切れる。こんな時便利なのが、ポケットにいつも潜ませている小刀、肥後守《ひごのかみ》だった。この小刀を縦に刺して何度か引くと、からみ合っていた雑草の根が切れ、野蒜は簡単に抜けた。

これを田川で洗って、根に味噌を付けて食べるのだ。私の父は、昭和十八年にアッツ島で戦死したが、その父が常日ごろ言っていたことは、「子供は田水を飲んでも腹をこわさないように育てろ」だったから、田川の水で洗って野蒜を食べるさまは、まさに父の遺言通りだったのかもしれない。

その野遊びも、夏休みに入ると毎日、それも一日中となる。いでたちは半ズボン以外は裸で素足、そして腰に手拭いを下げる。暑ければ、ズボンのベルトを外し、後ろに手拭いを縛り、前に垂らせば、立派な褌になる。暑くなったり、遊びに飽きれば、このまま川に跳び込めばよい。こんな日常だから、上半身は一夏に七、八回皮がむけた。

このころの畑は、どこも作物だらけだった。真っ先に食べ始めるのがトマト。あちこちの畑に赤くなり始める。今のようにハウス栽培ではないから、この季を逃すわけにはいかない。もいでは手拭いに包み、水泳ぎをする川の隅に石で囲いを作り、ここに浸けて置いて冷やす。一緒に採った胡瓜《きゅうり》も放り込む。

現代のトマトは、福島県の奥会津の伊南村《いな》（現在の南会津村）が原産と言われる「桃太郎」に代表されるように、果物感覚になってしまった。ところが当時のそれは、酸味が強く、しかも青嗅かった。

当然のことながら、このトマト、毎日我が家の食膳に上った。ところが、途中から疎開に合流した祖母が一緒に住んでいて、このトマトに「嫌い！」と言ってそっぽを向いてしまう。困った母は、「おばあちゃんは、このトマト、食べ慣れていないのよ」とかばう。それでも祖母は、「このトマト、気違い茄子って言うのよ」とまで言う。当時は色が極端に赤いから、そう言うのだろうと子供心に得心していた。

最近になって、この言葉が気になり調べ始めると、いろいろなことが分かってきた。かの気違い茄子とは、猛毒を持つ朝鮮朝顔の異名であるというのだ。ナス科のこの植物、江戸時代から薬用として栽培され、ぜん息の治療などに使われていたという。かつて有吉佐和子のヒット作『華岡青洲《はなおかせいしゅう》の妻』の中でも、麻酔薬としてこの朝鮮朝顔が使われていたことになっているが、量を間違えると発狂状態になることからの命名なのだ。

ナス科のトマトは、記録によると明治時代になってから栽培されているので、明治十年代に生まれている祖母には、まさに珍奇な野菜だったに違いない。私の推測だが、当時ナス科の朝鮮朝顔が呼ばれた気違い茄子の蔑称が、同じナス科のこのトマトにも使われていたのだろう、と思う。

トマトと違って、盗ることに少々罪悪感を覚えていたのが、瓜と西瓜かもしれない。耕作する方もそのことを承知していて、瓜は桑畑の桑と桑の間に藁を敷いて作っていたし、西瓜の方は家から見える畑か、さもなくば番小屋を置いていたから、子供では手が出しにくい。

瓜は真桑瓜と、これを改良した梨瓜の二種類があった。真桑瓜の方は緑色のところに、横に何本かの太い縞《しま》が入っていた。俳句を始めてから知ったのだが、秋の季語に「瓜坊《うりぼう》」がある。猪の子はまさに、この真桑瓜に似た縞が入っていることからの命名。

味の方はとなると、子供にとっては、この真桑瓜より梨瓜の方が断然うまいし、第一甘さが違う。となると、この梨瓜が黄色く熟すころを見計らって失敬する。盗った瓜は、西瓜と違い小さいから、手拭いで包んで持ち運べた。これも、くだんの川辺で冷やし、手刀で二つに割ってかぶりついた。

一方の西瓜の方は、監視の目が厳しい上に大き過ぎるから盗れない。学校で自慢するやつはいるが、私達に西瓜泥棒はできなかった。そんなある日、農家の人が、西瓜泥棒の首実検に学校にやって来た。

私どもの住んでいる町に、利根川が流れていた。対岸は埼玉県である。その川の中ほどに、子供達が「なかっちま」と呼ぶ州の状態の島がある。この島には私達も、本流の強い流れを泳ぎ切ったあと、必ず上陸した。木も草も生えていないだけでなく、砂と砂利だけの中州だから、地面は灼けきっていて、長居のできる場所ではなかった。

この島に作っていた西瓜が盗られたのだと言う。犯人と覚しき少年は、地面が熱いので、こともあろうに、西瓜の蔓と葉の上を伝い歩きして西瓜を盗ったのだ。そのため西瓜は枯れた。そのことを学校に訴えに農家の人は来たのだが、誰も名乗らなかった。

この西瓜盗人は、

西瓜重くして水中に沈むなし　　**鈴木　鶉衣**

のように、西瓜を利根川の水に浮かしたことだろう。

この稿のタイトルに「瓜盗人《ぬすびと》」を使ったが、大人になって何度か観た狂言「瓜盗人」の場面を思うたびに、子供のころ梨瓜を盗ったことが思われるからである。

秋

盆棚に吊ったほおずき

最近、私の俳句仲間の一人が、こんな一句を句会に出して高得点を得た。

ほほづきを揉んで鳴らして夫《つま》の留守　　加藤　桂子

ほおずきを鳴らす遊びは、女の人にとって懐かしい遊びの一つである。盆棚に吊ってあるほおずきを一つ取って、長い時間をかけて揉んで、やっとできた、あの赤い風船状のほおずきを鳴らした途端、少女期に帰っていく。ご主人が側にでもいれば、「子供じみたことを」と言われそうだが、今は幸い留守――といった句意なのだろう。「夫の留守」の文言に、ある年代の女性の微妙な思いが表現されている。

鳴るほおずきを作るには根気がいる。時間をかけて揉んで、皮の裏に種が浮き、芯の固さもなくなり、もうよかろうと思って表皮を引き抜くと、口が割けてしまう。こんな失敗を繰り返してやっと仕上がった〝鳴るほおずき〟は、女の子にとって宝物だった。その失敗したほおずきの中身も、かつては「疳《かん》の虫に効く」と言って、皆が食べた。

母が好きだったのと、盆棚に飾るのに便利だったから、我が家の庭隅にも植えてあったが、人によっては、屋敷内にほおずきを植えると病人や死人が出ると言い、嫌った。枇杷の木にも同じことが言われたが、こちらは常緑樹の枇杷が日光を遮るからだろう、と私は思ってきた。

俳句作りは、このほおずきに酸漿の文字を充てているが、これは「かがち」とも読んで『古事記』にも登場してくる。この実の赤くなったものを特に「あかかがち」と呼んで、身が一つで頭と尾が八つある八岐大蛇《やまたのおろち》の目になぞらえている。そこには、「彼《そ》の目は赤加《あかか》賀智《がち》の如くして」と書かれるが、この赤加賀智が、赤く色づいたほおずきの赤酸漿なのである。平安時代のころから、今の表記に近い「ほほつき」となり、江戸時代の国語辞書『和訓栞《わくんのしおり》』では、「ほほつき」の「ほ」は火のことで、「つき」は染まる意で、実が赤くなることだと書き、以後、これが語源説になっている。

もう一つほおずきには鬼灯の表記も見られるが、こちらは、お盆の精霊《しょうりょう》迎えの折に、ほおずき提灯を使ったように、祖先の精霊が降りてくる際の依代《よりしろ》（媒体）だったことに由来している。

このほおずきを売る市が立つことで知られるのが、七月十日の観音の縁日「四万六千《しまんろくせん》日《にち》」だろう。今日では、東京の浅草観音（浅草寺）のそれが知られ、この日にお参りすれば、四万六千日の霊験があるとされるから、一日中賑わう。ただし、四万六千日を年数に換算すると百二十六年にもなるから、人の寿命には少々長過ぎる。と思っていたら、かつて浅草観音の四万六千日の日は千日参りと呼ばれていたらしい。千日間参ったのと同じ功徳のある千日参りなら、京都の清水寺（八月八－十日）や愛宕《あたご》神社（七月三十一日）、それに大阪の四天王寺（八月八、九日）のそれと同じことになる。

浅草観音の「ほおずき市」では、今では赤く色づいた、鉢植えのほおずきを売るが、かつては青ほおずきが売られ、子供の虫封じに買って帰り、煎じて飲ませたり、女性の癪《しゃく》（さしこみ）に効くとして買われた。

江戸時代の風俗誌『守貞謾稿《もりさだまんこう》』などによると、ほおずき市の前は、雷除けの赤いとうもろこしが、四万六千日の日に売られていたという。赤とうもろこしの実効がよほどあったらしく、大の雷嫌いで知られる泉鏡花は、この赤とうもろこしを天井から吊るしていたという逸話も残っている。

植物のほおずきと共に、もう一つ海ほおずきもある。これは海に棲息する巻き貝が産む袋状の卵のうのことで、赤や黄色に染めて、縁日や夜店で売られていた。

叔母達が海ほほづきを母の忌よ

の私の一句は、ほおずきが好きだった母の命日に、叔母らがやって来て、仏前で鳴らしてくれた景である。

紙鉄砲・山吹鉄砲・杉鉄砲

私達の子供のころは、刃物が自由に使えた。と言うより必需品だったかもしれない。中でも折り畳みのナイフ、肥後守《ひごのかみ》や切り出しナイフは用途によりいつも携行した。それがため手の切り傷は絶えなかったが、そのなかで刃物から身を守る術《すべ》も自ら学んだし、仲間への危害の及ばないような心配りも身に付けた。この欄で扱う遊びの用具作りも、これら刃物がなければできなかった。

タイトルも「五・七・五」で「紙鉄砲・山吹鉄砲・杉鉄砲」としたが、これらは空気圧を利用した鉄砲で、うまくできれば強い「ポン」という音が楽しめたし、弾を遠くまで飛ばすことができた。弾は紙や山吹の髄《ずい》、杉の芽だから人に向けても撃ったが、この際も人に害の及ばないよう、目だけは狙わない不文律があった。これも刃物の扱いの折の他人への配慮と同様である。

まず紙鉄砲の作り方だが、弾を押し込む材として竹箸（ない場合は、割り箸の角を削って丸くする）を用意する。次に竹箸の太さに合った内径の竹を調達する。竹の根元の部分が合わなければ、ちょうどよい中ほど部分を使えばよい。有り合わせの古竹は、切るのに鋸《のこぎり》が必要となるから、子供の目当ては材の軟らかい今年竹を探した。

竹は節と節の間の十センチ余を切る。今年竹は切り出しナイフを右手で当て、左手で押しながら、ごろごろと転がすと、じきに切れた。更にこの竹を三センチほど握り手として切るのだが、節の部分を使うと、弾を押し込む竹箸が安定する。この竹箸を本体の竹筒に差し入れ、先端に弾を込める余裕を一センチ残して切る。これで紙鉄砲の完成である。

次に弾にする紙の大きさの工夫だが、これは何度か失敗して覚えるしかない。弾にする紙も理想は和紙だが、私の育った昭和二十年代の前半には、そんなものは手に入らないから、よくて普通の半紙、悪ければ新聞紙を使った。濡らした紙の水を固く絞り、適当な長さに千切り、両掌で丸め、まず先端に詰め、二つ目は空気圧を送るため、後方から詰める。

ここでやおら竹箸で押すのだが、弾のできが悪いと、音もせず、先端からポトンと涙のように落ちる。これは弾から空気が漏れているからなのだ。この空気漏れもしない硬い弾を作るには、紙を口に含み、歯を強く押し当て何度も噛んで空気を追い出す必要があった。この弾を竹箸で強く押すと、「ポン」と大きな音がして、弾は遠くまで飛ぶ。この際、竹箸は繊維が硬いからいいものの、割り箸で作った代用品の方はすぐに折れてしまう。

山吹鉄砲や杉鉄砲となると、弾が小さいので、篠竹《しのたけ》を使うことになる。竹と違って篠竹はどこにでも生えているから、根元から切り出しナイフで切ってきて自由に調達できた。山吹鉄砲の弾は、山吹の茎の皮を削ぐと中に海綿状、今の言葉で言うスポンジ状の髄が入っていて、これを指で丸めて使うのだから、それほど大きいものではない。もう一方の杉の芽も米粒を少し上回る程度の小ささだから、切った篠竹の内径合わせが必要になる。山吹の髄は大きさが調整できるが、杉の芽の方は、形が崩れるように押し込む程度の内径のものがよい。

この篠竹に弾を押し込む棒も自分達でこしらえた。当時は凧も紙飛行機も自分で作って揚げたり、飛ばしたから、これらの骨格となる竹を細く割った「籤《ひご》」は、どこでも手に入った。しかし、こちらは篠竹の内径に合う太さに合わ

せて自ら作った。

当時はどこの町にも籠屋なる店が何軒かあって、板張りの作業場で、一本の真竹から細い籤に仕上げていく過程を、私なども学校帰りに座り込んで眺めたものである。このお陰で籤も自分で作れた。どこにでも転がっていて短く切った古竹を、鉈《なた》で適当な太さに割った後、籤に仕上げていく。籠屋のおじさんがやっていたように、膝の上に布を乗せ、左手で細く割った竹を膝に置き、切り出しナイフの刃をやや右手に向けて当て、左手で細竹を引くと、うまく削れる。何度も篠竹の内径に合わせて削っていくうちに、立派な籤は完成する。後は、紙鉄砲の手順で作業を進めると杉鉄砲も山吹鉄砲も完成する。

紙鉄砲の強い「ポン」という音には及ばないが、杉鉄砲の「パチン」という音も、山吹鉄砲の乾いた音にも、どこか郷愁を誘う音色がある。

ちぎり捨てあり山吹の花と葉と　　**波多野爽波**
仰ぎ見る三輪の神杉実もたわゝ　　**田畑　比古**

学校の行事「蝗《いなご》捕り」

八月の末に、高野山に参籠すべく、大阪まで新幹線に乗ったが、途中の静岡から浜松辺りの稲は早や黄ばみ始めていた。こんな景に出会うと、子供の頃を田舎で過ごした私には、訳もなく蝗捕りのことが思い出される。

もちろん、今から六十数年前の戦中、戦後の記憶だが、この蝗捕り、学校の一大行事でもあった。蝗捕りと、桑の木に取り付く尺取虫（尺蠖《しゃくとり》とも）捕りには、田畑の荒仕事のできない小学校低学年の学童が、もっぱら動員された。

田水を落とした後の田に入っての作業だから、下駄以外ならどんな出立《いでた》ちでもよかった。ただし、この作業に加わるには蝗捕り用の袋を用意しなければならない。蝗の脚は、人間の脚のふくらはぎに当たるところに、「のぎ」と呼んだギザギザが付いている。この「のぎ」が、捕った蝗を袋に入れる際に布に引っ掛かるので、袋作りには工夫が必要だった。その辺のところは親が承知していて、手拭いを袋状に縫った口許に、十センチほどに切った竹筒を取り付けてくれた。これで「のぎ」が引っ掛からずに蝗は袋に納まる。

稲穂に朝露がある頃は、蝗の動きも鈍いので、こんな日は朝早い時刻に子供達は集められた。なるほど稲穂を掌でつかむように握ると簡単に捕れた。とは言え、子供達が喚声を上げながら、列を作って田の中を進むのだから、蝗が驚かないはずはない。田中は一大喧騒の場となる。作業の前に先生から、稲は踏み倒さないよう厳命されていたから、この一事だけは守られた。

三、四枚の田を回ると、各々の袋は結構一杯になる。昭和二十五年頃から出回る強力な殺虫剤、ＤＤＴで、以後の蝗は全滅するが、それまでは稲の恐ろしい害虫だから、農家からも感謝された。

ちょっと横道にそれるが、江戸時代に四回あった飢饉《ききん》のうち、享保の飢饉（一七三二年）は、近畿以西を襲った蝗による被害だった。瀬戸内海沿岸を中心に蝗が大発生、畿内以西の稲が大損害を受け、二百六十五万人が被災、餓死者も一万二千人出た。この結果、幕府の御用米商が米を隠匿しているとの噂が立ち、打ち毀し事件にまで発展した。

蝗捕りに話を戻すが、現在なら捕った蝗を焼殺するか薬で殺すのだろうが、当時は蝗も貴重な蛋白《たんぱく》源だったから、皆袋ごと持ち帰った。その蝗、袋ごと一日置いて脱糞させてから調理にかかる。まず蒸すか、焙烙《ほうろく》で乾煎《からい》りしてからの作業がまた大変。先にも触れた「のぎ」は喉に引っ掛かりやすいので切り離す。これはもっぱら子供の仕事だった。ここまで仕上がった蝗を、醤油と砂糖をからめて佃煮風に仕上げるのだが、戦中、戦後は砂糖が配給であまり手に入らなかったから、我が家では醤油をからめただけの蝗が食卓にのぼった。それでも、親にすれば、当時は摂りにくかった蛋白質を子供に与えられた満足感があったかもしれない。

農薬の普及で、昭和二十年代の半ば頃から蝗は姿を消したが、この味を懐かしむ人がいるからなのだろう、大分後に佃煮屋に蝗が並ぶようになった。真偽のほどは分からないが、仙台辺りの在で養殖している、という噂も伝わった。ところで現代の蝗だが、「寅さん」で名高い東京・柴又の佃煮屋や下町のそれでも売られていて、当時子供の作業だった「のぎ」が付いたままで、どこでも売られている。

蝗は浮塵子《うんか》などと共に稲の害虫だから、秋の季語「虫送り」の対象となる。この「虫送り」、松明《たいまつ》の火をかざしながら鉦を鳴らし、太鼓を叩いて、虫送りの文言を唱え、水田の周りを巡り、虫を集めて村境まで送り出すのが一般的で、私が毎年何度も入る福島・奥会津にも、これに似た行事が残っている。

これに対して、「虫送り」の傍題季語に「実盛《さねもり》送り」なるものもある。「実盛」とは斎藤実盛のことである。平氏に仕えた実盛が、木曾義仲軍と戦う際、白髪を黒く染め、錦の直《ひた》垂《たれ》を着、決死の覚悟で出陣して戦死した話は、『平家物語』にも、能の『実盛』にも明らかだが、その実盛がモデルになった。

なぜ実盛の名が虫送りに付いたかだが、これには諸説がある。中でももっともらしいのが、実盛が稲株につまづいて討ち死にしたので稲の虫に化したというのである。この話に更に尾ひれが付いて、田中で討たれた折り、「稲の虫となって怨みを晴らす」と、実盛が言ったというのだ。

もう一つの説も少々眉唾《まゆつば》物だが、こんな内容だ。稲などの「実」は「さね」と読むが、この「さねを守る」の音通から実盛が生まれたというのだ。

その経緯はともかく、「実盛送り」は、今も行事として残っている。主に西日本で行われるそれは、麦藁で作った「実盛様」を藁馬に乗せて行列する虫送りで、これがあちこちで行われる。

豊の穂をいだきて蝗人を怖づ　山口　青邨
花茣蓙に穂田の蝗の来て青し　水原秋櫻子

ケラに尋ねたきこと

歳時記の秋の項に、蚯蚓《みみず》鳴くだとか、螻蛄《けら》鳴く、地虫鳴くなどの季語がある。ところが、蚯蚓は発声器官がないから鳴けない。地虫とは斑猫《はんみょう》の幼虫だから、やはり鳴かない。これらの声の主は、実は螻蛄（以下、ケラと書く）の鳴き声なのである。そのことを承知していても俳人は、

蚯蚓鳴く六波羅蜜寺しんのやみ　川端　茅舎
ごうごうと欅鳴るまの地虫かな　石橋　秀野

などとも詠む。

ご丁寧なことに、蚯蚓鳴くの傍題季語に、歌女《かじょ》鳴くまでが入っている。この歌女は、お隣の中国で使われたが、わが国の民間に伝わる説話の中にも出てくる。

蛇は昔、目を持たなかったが、歌がめっぽううまかった。その蛇のもとに蚯蚓がやって来て、歌を教えてくれるよう乞うた。蛇は歌を教えることと引き換えに目をもらった——

ことになっている。

歳時記の解説では、虫の声のする辺りを探って掘ってみると、ケラはいち早く逃げ、蚯蚓だけが見つかる誤解から生まれた季語だとする。やはり前記の目と歌の交換の方が、荒唐無稽で面白い。

さて季題のケラだが、この虫はコオロギ科の昆虫で、地表に近い地中にトンネルを掘って住んでいるが、田川や田の湿地ですぐ見つかる。姿形が珍妙だから、子供は捕って遊びたくもなる。

地中にいるだけに、土を掘るのに便利なのだろう、掌が真っ平である。この虫の、後ろ襟首を指でつまむと、この掌を開いたり閉じたりする。子供達はもっぱら、この虫に、いろいろなものの大きさを尋ねると、両掌を一杯に広げるから、「そんなに大きいの！」ということになる。

子供の問いかけは、ここには書けない性器の大きさであることが多い。「○○先生の○○？」と尋ねると、あまり掌を開かないから、「そんなに、ちっちゃいの？」となって笑いが立つ。時には「○○ちゃんの○○？」と問う奴がいると、「やっぱりお前、彼女が好きなんだな」などとはやされる仕儀になる。

この虫、ケラと言わずに、「オケラ」と呼んだが、大人になっても、このオケラの言葉を使うことが多い。マージャンに負けたり酒を飲み過ぎて財布がからになることを「オケラになる」などと言い、解雇されることもオケラと言った。

もう一つ間抜けを例えていうオケラの方は言いえて妙でもある。古くから一つも巧みでないことを「ケラ才《ざい》」と言った。『物類称呼《ぶつるいしょうこ》』なる文献の表現を借りると、こんな意味になる。

「能《よく》飛べ共屋上に上る事あたはず　よくのぼれ共木をきはむる事あたはず　よくをよげとも谷をわたる事あたはず　能く穴をうがてども身をおほふ事あたはず　よく走れども人に先だつことあたはず」

と書いて、「是を鼫鼠才《けらざい》と云て　実なき人のたとへ也」と結ぶ。

これを読みながら私は、つまんだ指の感触までも子供時代に戻っていく。

冬

十日夜《とおかんや》の藁鉄砲

秋の収穫を祝う行事は全国各地にあるが、私が子供のころ過ごした群馬では、陰暦の十月十日に行われる十日夜《とおかんや》がそれだった。稲の収穫に感謝し、米作の豊穣を祈って、餅やぼた餅を田の神に献上するが、この点は全国共通の習わしのようだ。

この日を子供は皆待っていた。藁鉄砲を作って一日暴れることができるからだ。まず朝の藁貫いから始まる。かつては麦も稲も手刈りだから、藁は農家のバラックにいくらでも積んであった。これらの藁は、葉の袴と呼ぶ部分を千歯扱きで扱き落として、正月用の注連縄を作ったり、綯《な》って荒縄をこしらえたり、また筵や米俵を編んだ。農家の竈の脇にも積んであり焚き付けに利用したが、この藁だけで炊いたご飯は格別うまかった。ただこの場合、人が付きっ切りで焚き口の番をしなくてはならなかった。更に霜融けの庭に敷きつめたり、冬の甘藷《さつまいも》の保存にも重宝した。東北地方では寝床に藁床を使う所もあった。

くだんの藁だが、藁鉄砲に使う程度ならすぐに手に入った。もう一つ藁で編んだ荒縄も相当量必要だが、藁鉄砲に必要なセットだから快く分けてくれた。事情を知っている農家では逆に「芋幹《いもがら》も持って行きなよ」と言いながら出してくれた。

実は藁鉄砲には、この里芋の茎、芋幹がなくてはならない代物だった。それについては後段で詳述する。今でこそ芋幹は、収穫後畑に捨てられるが、食糧難の時代は貴重だったから、どの家も皮をむいて干して使った。この芋幹を、「芋茎」と書いて「ずいき」と読むことは大人になって知ったが、その芋茎が熊本県の名産で肥後芋茎として知られていることもこの時覚えた。少し余談になるが、熊本に築城した加藤清正は、城内の畳床にこの芋茎を用いた。そう、長い期間籠城せざるを得なくなった折に、水に戻して兵の糧食として利用できるからだった。

さて、藁鉄砲作りの本番だが、芯に生の芋幹をたっぷり入れ、その外側を、これまたたっぷりの藁で覆い、下から順に荒縄できつく巻いて仕上げる。荒縄の巻き方が緩いと、地面に打ち付けた時、快い「ポン、ポン」と弾む音がしない。そればかりか下方から縄がじきに解けてしまう。小学校の低学年の時に自分で作った藁鉄砲は大方がこんなたぐいだった。

それに引き替え、子供の時代から代々作り慣れている同級生の父親に作ってもらったそれは、最後まで形崩れせず、快い音を響かせ続けた。

小学校の上級生になると、この藁鉄砲製作の工程に工夫を凝らし始めた。まず崩れ易いのは、芋幹とそれを覆う藁を、子供の力で荒縄でじかに巻いたことに気付いた。私達の手許には凧揚げ用の太い凧糸があったから、この凧糸で芯の芋幹と覆いの藁を形崩れしないようにしっかり括った。この束に荒縄を巻く時も右脚でしっかり固定させながら巻いていった。仕上げは、この藁鉄砲にループ状に取り付ける把手《とって》だったが、これも凧糸の世話になった。試みに、寺の参道の敷石に打ち付けてみると、「ポン、ポン」と快い音と共に、藁鉄砲が跳ね上がる。会心の出来になった。

　この藁鉄砲を手に、地区ごとに子供達は集まり、上級生の指図で一軒一軒農家を回り、庭先で「トーカンヤ、ワラデッポー」と唱えながら地面を叩《たた》き続けた。当の農家からは菓子等が振る舞われたが、私達は、去年のように藁鉄砲が崩れないことに興奮して叩き続けた。

　ひたすら遊びに興じたが、当時は何のために藁鉄砲を地面に打ち据えるか知る由もなかった。歳時記をいじるようになってその意を探ると、田に害をなす猪を追い払うためとか、大根を太らせるため、など諸説がある。私の子供ころのかすかな記憶をたどると、田畑を荒らす土竜《もぐら》を追う行事だと聞いた覚えがある。だとすると、小正月に行われる予祝行事「土竜打ち」とどう違うのだろうと思えてくる。

藁鉄砲は、主に関東から東北にかけての行事だが、西日本には同じ時期に「亥《い》の子」なる行事がある。これも稲の収穫祭で、春に田畑に来臨した田の神「亥の子様」を送り返す儀式とされる。この日は十日夜《とおかんや》と同様に餅やぼた餅で祝うが、子供達は「亥の子搗《づ》き」を行う。これは丸石に幾本もの縄を付け、引き上げては落とし地を搗くところ、藁鉄砲と同根と言える。

臼音は麓の里の亥の子かな　内藤　鳴雪
十日夜星殖え子らに藁鉄砲　大野　林火

「死語」になった竹馬

先日、横浜球場の辺りを散歩していたら、中年の男性の一団が竹馬を作っていた。周囲を取り囲む親子連れが、できたばかりの竹馬に順に乗せてもらっていた。中の年配と覚しき人の指し図で、竹馬がどんどんできあがっていく。私達が子供のころ作ったように、竹に足を乗せる二枚の板を、踵の部分が高くなるように括り付けている。この板の部分に乗ると、踵の部分が下がって水平になり、括り付けた縄が締まり、竹馬の全体が安定してくる。

ついでに書くが、少し上達して、もう一段高くしたい時は、板の踵の部分を上げると、板を結んでいた縄の部分が緩んで高さが調整できた。列の後ろから見ていた私は、いつしか童心に帰っていた。

もう一つ、私の近所の、子供のいるらしきお宅の玄関口に、幼児の使う竹馬のおもちゃらしきものが立てかけてある。こちらは、着色したプラスチックと覚しき代物で、一つ感心するのが、踵の乗る部分の下に、もう一本脚が付いているから、小さい子の乗れる二本脚の竹馬と言える。

これらから、とうの昔に消え去っていたと思っていた竹馬が、こうして続いていることに、思わずほくそ笑むことになる。

私の俳句仲間の一人に、黒田杏子さんなる女性がいる。この人の作品に、こんな竹馬の一句がある。

屋根から乗りて竹馬の女の子

この黒田さん、私と同年配で、しかも栃木県の在に疎開していた経験もあるから、竹馬世代の一人とも言える。しかも彼女の現在の挙措《きょそ》から類推すると、かなりのお転婆で、この一句の「女の子」とは、ご本人がモデルなのであろう。

この一句を、ある俳句総合雑誌の鼎談で取り上げられたが、中の一人がいわく、「雪国のことでしょうか。もし屋根まで雪が積もっていたら、竹馬で遊ぶのは難しいと思うのですけど」と、のたまう。他の二人も、この句に発言をしない。

ことの善し悪しをあげつらうつもりはないが、この発言者が、昭和二十八年生まれとなれば、その当時から竹馬が子供の間で姿を消していた、ということになる。

先の「女の子」の一句ではないが、かつて竹馬が上達し始めると、脚の位置を高くしたくなり、果ては屋根の庇《ひさし》から乗るまでになる。よくサーカスのピエロが、竹馬を覆う長いマントを羽織って現れた、あの高さでもある。高所恐怖のあった私などには、とてもできない芸で、どの家の前にも備えてあった防火用水の縁から乗るのがせいぜいだった。

竹馬の青きにほひを子等知れる　　中村草田男
塀に凭《よ》り竹馬の子に愁あり　　福田　蓼汀
竹馬の雪蹴《け》散《ち》らして上手かな　　星野　立子

などの句を並べて見ると、幼友達の顔まで浮かんでくるが、「竹馬《ちくば》の友」なる名言もまた死語になりかけている。

この「竹馬の友」も、中国から渡来した言葉だった。晋の時代の正史でもある『晋書《しんじょ》』の中の「殷浩伝《いんこうでん》」から抽《ひ》かれている。この章の主人公、殷浩は、若いころから桓温《かんおん》と並び称される豪傑だった。殷浩は気にも留めていなかったが、桓温はそのことが不満だった。だから会う人ごとに、幼いころは殷浩と一緒に竹馬に乗って遊ぶ仲だったが、私が竹馬を捨てれば、彼が拾うという間柄だった。だから、殷浩は私より下なのだ——と、言ったのだという。「故当出我下也」(故に当《まさ》に我が下に出ずるべきなり、と)と書かれてある。

こんな故事から、竹馬は中国から渡来したとも言われているが、中にはこんな説もある。平安時代から伝わる日本芸能の一つに田楽《でんがく》があるが、この田楽の中で使う道具に高足《たかあし》がある。十字形の棒の横木に両脚を乗せて跳び歩く芸をする、言ってみれば小道具である。そんなところから、大正時代のころまで、竹馬のことを高足とか、鷺足《さぎあし》と呼んでいた、とする物の本もある。歳時記の竹馬(冬の季語)の傍題季語にも、この高足と鷺足を入れてある。

その竹馬がなぜ冬の季語なのか判然としないが、私の経験でも、冬の季節と記憶が重なる。乗ったことのある人なら覚えがあるだろうが、竹馬乗りは、脚の親指と人差し指で、支えの竹をしっかり挟むと安定する。ただ、素足でこれをやると、指間が赤くなり、やがて擦りむけてくる。ただ、竹馬に乗るのは冬だったから、皆足袋を履いているので、指間の痛みはない。ただし当時は、既製品の足袋のない時代だから、これらの足袋は母の手縫いの自家製となる。私達少年の動きは激しい上に竹馬に乗るから、その需要たるや並みの量ではない。後の母の述懐によれば、一冬に七、八足を履きつぶしたという。

ここまで書いてきた他に、竹馬はもう一種ある。自生の竹や笹竹を、枝や葉を付けたまま切り、これを馬に見立ててまたがる。竹の根元近くに手綱代わりの綱を付け、蒲《がま》の穂を鞭として持って遊んだ。この遊びも中国の唐の時代の書物に出てくる。そんなところから、幼年期を指す言葉「騎竹之年《きちくのとし》」も生まれた。「竹馬の友」と同義だが、年代的には「幼年」と「少年」ほどの差がある。

新年

路地を徘徊《はいかい》し貝独楽《ばいごま》

子供の遊び、それも男遊びの中で、一番興奮したのが独楽かもしれない。この独楽には高い技術が要求され、博打《ばくち》性が伴うから、その愉悦さは、面子《めんこ》遊びと双璧である。中でも貝独楽のそれは、大人になった今でも、考えるだに興奮してくる。

戦中から戦後にかけての少年期は、学校での時間以外は、この貝独楽に明け暮れた。誰もが一斗樽と護謨《ごむ》引きの布、それと布を樽に括り付けるための縄を持って、路地から路地を徘徊した。仲間が一人でもいれば、貝独楽の土俵が作られた。

誰でも貝独楽をやった人なら記憶があるだろうが、この独楽、相手の独楽の腰辺りに当たると威力を発揮する。だから、その威力を発揮させるため、努めて体高を低くするため表面を削った。材が鉛だから削りやすい。コンクリートの面でひたすら削り、表面に彫られた絵柄はたちどころに消える。

少し手慣れてくると、これだけでは満足しなくなる。相手の独楽を弾き出す威力は、独楽に角を付けることでもあった。そのため、六角形の角を鋭利にするため、また、コンクリート面との格闘が始まる。仲間の一人に、町工場を経営する家の子がいたから、親父に見つからないように、昼休みの工員さんに頼んで、いくつかをグラインダーで削ってもらったりもした。

こうなると貝独楽も刃物である。回っているこの危険な貝独楽を摑む術も子供達は心得ていた。回っている独楽は、摑む形で五本の指をシート面に叩き付け、弾んだところを摑めば掌は切れない。

上級生の中には、漏斗《ろうと》状にしつらえた紙の容器の中に、溶かした鉛を注ぎ入れて私製の貝独楽を作る者もいたが、大体が不安定で、負け独楽となった。

この独楽をいつもズボンのポケット（私の疎開した群馬では、ポケットのことを「隠し」と言っていた）に入れるものだから、いつも底が抜け、母に叱られていた。また、勝ち戦の時は、家に持ち帰らず、寺や神社の回廊下の、蟻地獄の巣の一杯ある乾いた土の中に埋めた。

さて貝独楽と、なぜ「貝」の字を充てるかだが、もともとは海嬴《ばい》という巻き貝の中に、蠟《ろう》や鉛を注ぎ込んで作った「ばいごま」が語源。

独楽で「寿命比べ」

独楽の話を書き始めると、子供時代の興奮がよみがえって、また取り止めもなく長くなりそうな予感がしている。この独楽とビー玉は、子供時代の遊びの双璧だったからだろう。

周囲に迷惑もかけず、仲間のけんかの原因にもならなかったのが、「寿命比べ」と呼んでいた独楽回しだったかもしれない。実に単純で、「寿命比べの、イチ、ニのサン」で、一斉に回し始める。独楽の回し方は、この寿命比べのように、手を手前に引いて回すものから、けんか独楽のように投げる手法で回すものなど何通りかあった。

紐を手前に引く寿命比べは、いかに紐を強く引けるかと、地面の選び方に工夫があった。土が軟らかいと芯が穴を掘ってしまい寿命は短くなるし、周りに小砂利があると、それを弾き勢いが弱まる。坂道ももちろん駄目だった。条件がいいのは、少々硬めの土で、独楽が揺れずに安定して回る場所がよかった。

この遊び、その名の通り長く回し続けるために、独楽紐の房の部分で、回転に合わせてたたいたり、中には家から掃除の折に使うはたきを持ってきてこれをはたく者もいた。

もう一つ、独楽を回すための紐作りの工夫が必要だった。梱包《こんぽう》用の麻の紐を解いて作り直してもよかったが、手に入れやすい着物地が便利だった。当時は着物地が古くなると、解いて蒲団やねんねこに利用したが、これもよれよれになると、子供が独楽の紐にしたり、すり切れていない部分を利用して、お手玉などを作った。

この布を細長い三角形に切って紐を作る。母はこれをバイアス裁ちと呼んでいた。両てのひらに唾をつけながら縒っていく。更に縒った二本を、互いの縒りが解けないように合わせて縒って出来上がる。紐の太い部分を五、六センチ残して、団子状に結ぶ。これは独楽回しの折、小指と薬指の間にはさむ大事な部分だ。三角形の細い部分は、独楽に巻く時、独楽の面に密着するよう、口にくわえて濡らす、これも大事な部分。

さて、子供の興奮する、けんか独楽だが、これは手前に引いて放す寿命比べと違って、相手の独楽に自分の独楽をぶつけるように投げる。理想を言えば、投げた自分の独楽が、相手の独楽に当たり、弾き飛ばし、しかも倒れて止まり、自分の独楽が回り続けていれば、こちらの勝ちとなる。私達のルールでは、この負け独楽をもらえることになっていた。だから袋の中には、あちこちの欠けた独楽が詰まっていた。

このけんか独楽のため、独楽の胴に鉄輪をはめ、芯を鉄の芯に替えることもあった。こんな独楽にぶつけられると、独楽は欠けたり、割れたりする。だから勝負は同じ条件同士の独楽でという暗黙の了解があった。この独楽は鉄胴《てつがね》独楽と呼び、かつては鍛冶《かじ》屋に頼んだが、私達は町工場の職工さんに頼んで、独楽に合わせて鉄の輪を作ってもらって付けた。しかし、強いだけのこの独楽には、子供心ながら後ろめたさもあった。

もう一つ、当時どう言ったか覚えていないが、独楽を遠くにほうり投げる遊びもあって、これは距離を競う遊びでもあった。今でも、

夕不二やひとりの独楽を打ち昏れて　　加倉井秋を

などを見ると、遊び昏れた少年時代が思い出される。

この独楽が、わが国の文献に登場し始めるのは、承平《しょうへい》年間（九三一〜九三八）というから随分と古い。当時は「古末都久利《こまつぐり》」と表記していた。「こま」の音は、恐らく中国の唐の時代に、高麗《こま》（朝鮮）を経てわが国に渡来したものであろう。その下の「都久利」の「つぐり」は、独楽そのものを指す言葉だったが、それが省略されて、「こま」の音だけが残ったということになっている。それを裏付ける呼び名が東北地方に残っていて、「こまずぐり」「ずんぐりごま」の古名で呼ばれている。

忘れずば「いろはかるた」

つい先だってのことだが、仕事上「いろはかるた」を全部通して読む機会に恵まれた。改めて書くまでもないが、語呂の良い短句形の例えや諺《ことわざ》を集めたもので、こんな言葉も入っていたのかと驚きもした。言葉の意味も判然としないころ覚えたこの短句が、長い人生の中で随分と生かされてきたことをいま改めて覚える。

この「いろはかるた」は、天明（一七八一～八八）のころ、京都で作られたというから二百年以上も昔のことだが、今でも立派に通用する言葉ばかりである。私の手許にある『江戸の子供遊び事典』（八坂書房）には、「江戸いろはかるた」と、「上方いろはかるた」「大阪・中京いろはかるた」の具体例が書いてあるが、うちの「江戸」を例示してみる。

イ、犬も歩けば棒にあたる　ロ、論より証拠（上方は「論語読みの論語知らず」）ハ、花より団子（大阪　中京と同じ）　ニ、憎まれっ子世にはばかる　ホ、骨折り損のくたびれ儲《もう》け　へ、屁《へ》をひって尻つぼめる

ここの「へ」の項では、上方も、大阪・中京も「下手の長談議」を入れているが、私な

ら「下手の横好き」を入れるかもしれない。
ト、年寄りの冷水　チ、塵《ちり》も積れば山となる　リ、律義者の子沢山　ヌ、盗人の昼寝（大阪・中京も同じ）ル、るり（瑠璃）もはり（玻璃）も照らせば光る
「チ」は、上方、大阪・中京ともに、「地獄の沙汰も金次第」を採っているし、上方の「ト」と「ヌ」には、「豆腐にかすがい」と「糠《ぬか》に釘」といった、いかにも上方らしい言葉が引かれてある。
ヲ、老いては子に従う　ワ、われ（破）鍋にとじ（綴）蓋《ぶた》　カ、かったい（癩）のかさ（瘡）うらみ　ヨ、よし（葦）のずいから天井のぞく
この辺になると、死語化しているので、少々解説が必要になる。「ワ」で言う「われ鍋にとじ蓋」は、どんな人にもそれ相応の配偶者がいる、といった意に使った。これより難しいのが、「カ」の「かったいのかさうらみ」で、大差ないものをうらやむことに使うが、「うらみ」は「うらやみ」の誤りだとする説もある。「ヨ」の「よしのずい」は、狭い自分の見識で、広い世界に勝手な判断を下すことを戒めた言葉だから、私もこの言にどれだけ教えられたことかと思う。

上方の「ヲ」に入っている「鬼の十八」も、死語化しつつある。この下に「番茶も出花」が続く。醜い鬼でも年ごろになれば美しく見え、粗末な番茶もいれたてはおいしい——くらいの意だろう。

タ、旅は道づれ　レ、れう（良）薬口ににが（苦）し　ソ、総領（惣領とも）の甚六　ツ、月夜に釜《かま》をぬく　ネ、念には念を入れ

これらにも解説が要る。「ソ」でいう総領は一家の長男で、それらに共通していることは、お人好しで、少しぼんやりしている（甚六）から、それをあざけって言った苦言でもある。総領である私も心してきた名言の一つである。

上方の項の「レ」に、私も初めて見た「連木《れんぎ》で腹を切る」がある。連木とは擂粉木《すりこぎ》のことで、関西地方で使う言葉。となれば不可能なことの例えになろうか。

もう一つ「ツ」の「月夜に釜をぬく」の「ぬく」は盗まれることだから、油断への警句と言えよう。

ナ、泣きっつらに蜂　ラ、楽あれば苦あり　ム、無理が通れば道理ひっこむ　ウ、嘘から出たまこと　ヰ、芋の煮えたも御存じない　ノ、のど（喉）元をすぎれば熱さを忘れる　オ、鬼に金棒　ク、臭いものには蓋

ほとんど解説の要はないが、「ヰ」の項の「芋の煮えたも……」は、世間の事情にうといことを言ったもので、今でこそ却って必要な言い方とも言える。

一つ面白いのは、大阪・中京の項の「オ」に、「陰陽師《おんようじ》身の上知らず」がある。陰陽師（「おんみょうじ」とも）は、他人の吉凶ばかり占っていて、わが身の運命は知らない、の意だから、かなりの皮肉になる。

上方の「ノ」に、「鑿《のみ》といえば槌《つち》」がある。「鑿を持ってきて」と言われたら、槌も一緒に持っていく、万事気の回りの早いことの例えで、こんな人の存在がだんだん少なくなってきたような気が、私にはする。

ヤ、安物買いの銭失い　マ、負けるが勝ち　ケ、芸は身を助ける　フ、文はやりたし書く手は持たず　コ、子は三界《さんがい》の首枷《くびかせ》　エ、えて（得手）に凧《たこ》をあげ

「コ」の「子は三界……」だが、今の世の中にも通じそうである。親の一生が子供によって束縛される――そんな思いから未婚の男女がふえつつあるように思う。

もう世の中で使い忘れている言葉で、上方の「コ」の項に「これにこ（懲）りよ道才《どうさい》棒《ぼう》」が入っている。これに懲りて二度と繰り返すな、とする諭《さとし》の意で、道才棒はののしる時の接尾語。道斎坊とか道西坊と書くものもある。

おしゃべりが過ぎたので、閑話休題とする。

「かるた」とは、これも語源はもともとポルトガル語だが、こちらは賭博《とばく》性が強い。これに対して、古来から日本にあった貝覆《かいおおい》系の、主に教育を目的とする「小倉百人一首」的な「かるた」もあり、「いろはかるた」もこれに属する。また、続きを書き出してみる。

テ、亭主の好きな赤烏帽子《あかえぼし》　ア、頭かくして尻かくさず　サ、三べん（遍）廻《まわ》って煙草にしょ　キ、聞いて極楽見て地獄　ユ、油断大敵　メ、目の上のたんこぶ　ミ、身から出た錆《さび》　シ、知らぬが仏

ほとんどに解説の要はなさそうだが、若い世代の方のために少し言葉を補っておく。「テ」の「亭主の好きな…」の赤烏帽子だが、烏帽子の色は普通黒と決まっているところから、亭主が好むなら、どんな異様なものでも、それに従いましょう――という、封建時代の代表的言葉でもあろう。もう一つ、「サ」の「三べん廻って……」の廻るは夜回りのこと。だから、三度見回りをしてから休憩をとる、つまるところ急がず念を入れるの意。

上方と大阪・中京に入っていて、江戸に入っていないいものに、「義理と褌《ふんどし》」（大阪　中京）、「義理と褌かかねばならぬ」（上方）がある。これも褌を付ける男子の習慣がなくなったゆえ、死語化してしまった。

ヱ、縁は異なもの　ヒ、貧乏暇なし　モ、門前の小僧習わぬ経を読む　セ、背に腹はかえられぬ　ス、粋は身を食う　京、京の夢大坂の夢

ご覧のように、四十七字に「京」の字が加えられて四十八字になる。「京の夢……」は夢の話あるいは夢のような話をする前に唱える言葉だが、そんな習慣も私達の前から消えてしまった。

ビー玉遊びのルーツ

かつての男の子の遊びを三つ挙げよと言われれば、独楽に面子《めんこ》、それにビー玉に指を折ることができる。中でもビー玉は、持ち歩きに少々嵩むが、場所の広い狭いにかかわらず、どこでもできる遊びだったから、四季を問わずポケットを膨らませてビー玉を持ち歩いた。

広い場所なら、互いに撒いたビー玉をかわるがわる近づけながら、相手のビー玉に当てられる距離を見計らっていく。転がして当ててもよし、また親指と人差し指、中指でつまんで当ててもよかった。正確に当てるには、このつまんだビー玉を右目に近づけて狙《ねら》いを定めて放ると、比較的命中率が高かった。

相手のビー玉に当てるだけならこれでよかったが、大方はもう一つルールがあった。弾きとばしたビー玉と自分のビー玉の間に決まった一定の距離がないと勝てないルールである。そのルールとは足底で七歩の距離を離さなくてはならない。子供の足底が二十センチとすれば、七歩で百四十センチ離さなければ、相手のビー玉は取れない。だから、目の位置に定めて放ったのでは、当たっても距離が出ないから、命中率は低くとも、ボールを投げるように力強く当てた。

こんな広い場所の要らない遊びに、私達が「目落とし」と呼んだものがある。付近にある板でも瓦でも何でも立て掛けて、その斜面にビー玉を目の高さから落として進んだ距離を競う遊び。やや広い場所なら斜面を急にするとビー玉は遠くまで飛ぶことを子供達は承知していた。ビー玉を目の高さから離す折、意図的に押す違反行為もあるから、互いに目を光らせることを怠らなかった。

この遊びも、一番遠くまで運んだ者が、二番目のビー玉を狙い、やはり当てて離れた距離を足底七歩で測る。ギリギリ七歩に満たない時は、靴を脱いで素足でもう一度測り直す。二番目のビー玉を取った親は、順次三、四、五番目を狙えるが、ここで必要な技術は、相手のビー玉だけを弾き、自分のビー玉はそこに留まっている必要がある。そのため、径が二倍ある大玉も使った。これだと相手のビー玉は遠くへ弾かれ、親の大玉は足元に残る。

三つ目の遊びは真ん中に円を描き、各自が決まった数のビー玉をその円の中に入れ、スタートラインからじゃんけんで勝った順にビー玉を転がし、円から弾き出したビー玉を取れる。これにも先の大玉を使うと効果が抜群だった。

終戦後もしばらくすると、ガラス製の大玉の大きさのベアリング（軸受け）玉が出回り始めた。これは鉄製だから、当てると弾きとばす力が強く、時には相手のビー玉を割ることもあったので、全員がこれを持たないときは使用禁止となった。割れやすいと言えば、透明なガラスの中に色模様の入ったビー玉も出回り始めたが、当たると割れやすいので、子供達には不人気だった。

これらの広い遊びの場のない場合は、もっぱら指で弾いて遊んだ。小指を地面に立て、親指と人差し指で弾いて行う。これも相手を狙って当てたり、円の中のビー玉を弾き出す遊びが大方だが、この遊び向きにさらに小さい径一センチほどのビー玉もあった。

この他、学校の廊下などでも、指で弾くビー玉遊びがあったが、床が少しでも傾斜しているとゲームが成り立たないから、床の中央にビー玉を並べ転がり始めないかどうか確認する必要があった。

さて、私達子供を熱狂させたビー玉だが、その歴史はそう古くない。そもそもビー玉の「ビー」は、ポルトガル語の「ビードロ」（ガラスの意）ということになっている。これに対して、明治時代に流行したラムネの栓として使えない、「B級の玉」を使ったという説もあるが、こちらはどうも眉唾《まゆつば》くさい。

いずれにしろ、ガラスは幕末から明治にかけて日本に入ってきた代物だが、そのビー玉遊びのもとになった遊びは、日本にも古くからいくつかあった。

その一つが新年の季語として歳時記に登載されている「穴一《あないち》」かもしれない。正月に子供や若い男女がする遊びだったが、当初は銭を使ったため、それが賭け事だとされ、文化三年に禁止されている。文化三年とは、西暦で言えば一八〇六年だから、もう二百年も前のことである。

これに代わって使われたのが無患子《むくろじ》の実や、「お弾き」の項でも紹介した巻き貝の細螺《きさご》だった。この貝は当時銭貝《ぜぜがい》と呼ばれていた。無患子の実の方は羽子《はね》突きの羽子に使った黒い堅い実を想像していただければいい。これらの他に、小石や面子《めんこ》も使った。

遊び方は円形の穴を掘り、少し離れたところに線を引き、この線から無患子の実を投げ入れ、穴に入ったら勝ちとし、その物を取り戻せるが、穴の外に落ちた場合そのままにしておき、次の者が打ち当てたらそれをも取れるという遊び。この時代の随筆集『守貞謾稿《もりさだまんこう》』の手鞠《てまり》唄にも、「みいつとや、みなさん児ども衆は、楽遊び、らく遊び、穴市こまどり、羽根をつく」の一節が紹介されるが、ここに書かれる穴市がくだんの穴一である。

この「穴一」と並んで、詳しい歳時記には「粒《つぶ》遊び」なる新年の季語も登載されている。何ということはない、壁際に椀の半分ほどの穴を開け、おのおのが手持ちの銀粒を入れ、石を放って勝負した、「穴一」に似た遊びもあったが、さすが古い遊びだから例句は入集されていない。

もう一つ書き落とせないのが「銀杏《ぎんなん》打ち」で、銀杏《いちょう》の実を使うところから「いちょう打ち」とも呼ぶ遊びもあった。その名の通り銀杏を地面にばら撒き、所定のところに線を引き、そこから順番に撒いた銀杏に銀杏をぶつけたりして遊んだ。

角川書店刊の『図説 俳句大歳時記』の「穴一」の解説の中に「中国でクルミを用いて遊んだのがわが国へ移入されたとの説がある」とあるように、『日本こどものあそび大図鑑』（遊子館刊）にも、「胡桃《くるみ》打ち」の項を設け、「銀杏打ち」と同じ手順の遊びが紹介されている。ただ、ビー玉と違って、銀杏や胡桃では、形が不安定だから、遊びとしてはさぞや不都合だったろうと思われる。

その点、巻き貝の栄螺《さざえ》の蓋を使って遊ぶ「栄螺打ち」の、円を描いて、その中に置いた栄螺に当てる遊びの方は、胡桃や銀杏に比べ物が平たいから、随分と安定した遊びだったのかもしれない。

穴一の筋引きすてつ梅が下　太祇

意銭《ぜにうち》や塀にもたれし背のよごれ　高田蝶衣

奥会津の鳥追いと歳の神

私がもう二十年近く通い続けている福島県の奥会津には、全国各地で廃れてしまった民俗行事が数多《あまた》残っている。小正月の歳《さい》の神や鳥追い、それに雛流しや虫送りといった、わりと知られている行事はもちろんだが、「長虫よけ」（蛇よけ）や、火伏せ（火災予防）のための「愛宕《あたご》様の火」、「泣きの朔日《ついたち》」（お盆の始まりの日）といった民俗行事が、細々ではあるが、地域の人達の手によって守られている。

やはりこの地に通って長い、畏友・黒田杏子さんと編んだ『奥会津歳時記』（平成十八年 只見川電源流域振興協議会刊）に、これら民俗行事のうちの百五十項目ほどを拾いこんだ。

少々前書きが長くなったが、今回の稿で取り上げようと思っているのは、一般にわりと知られている「鳥追い」である。いくら土地の事情を知っているとは言え、奥会津とは六か町村（以前は九か町村）を指し、その広さたるや佐賀県と同じで、しかも人口は二万二千とあれば、よほどの縁故でもない限り、その行事にすら辿り着けない。

幸い私には、会津若松から只見線で一時間ほどの三島町との縁がある。四期目の町長とは助役のころからの知り合いだし、総務課長などは、黒田さんや私が奥会津入りする折は、運転手役を買って出てくれる企画課の職員だったから付き合いも長い。

この町の小正月に、くだんの「鳥追い」と「歳の神」が行われ、この行事を見に私は、ほとんど毎年、三島町に入る。曜日に関係なく、「鳥追い」が一月十四日、「歳の神」は同十五日と決まっている。「歳の神」は「塞《さえ》の神」とも言い、全国的に行われる「どんど焼き」と同じであるが、この「歳の神」については、後段で詳述する。

「鳥追い」の主役は子供なのだが、なにせ子供の数が少なくなって、かつて二十幾つかの集落で行われていた「鳥追い」も、今では二つの集落で行われるだけになった。そのため町では二月の十五日に行う「雪と火の祭り」の折に「鳥追い」と「歳の神」を併せて行うことになった。私はこの祭りにもほとんど参加した。

その前に、現存する二集落で行われる「鳥追い」の様子を紹介しておく。まず戸数五十八戸の檜原《ひのはら》の集落では、前日の十三日までに少年団団長の家に子供が集まり、「鳥追い」に使う三十センチ四方ほどの紙の旗を作る。断っておくが、これらは全て子供だけの仕事である。日程も作業手順も子供、つまり土地の言葉で言う「子めら」に任せてある。この旗には、害鳥を追い払う言葉や絵がクレヨンや絵の具で描かれ、桑の木の枝や茅《かや》の棒に付ける作業を行う。

当日の十四日の午後、地区の小中学生が「歳の神」会場に集まり、「シロ」踏みと称して主会場の雪を踏み固める。この「シロ」の意は誰に聞いても分からないが、私は勝手に雪の「シロ」か、自分達の城である「シロ」と思っている。

夕食後、再び「シロ」に集まった小中学生は、前日描いた鳥追い旗を持ちながら、「シロ」を何度か回った後、集落の上から下へ、下から上へ練り歩く。この時の囃子《はやし》言葉は、「今日はどこの鳥追いだ　長者様の鳥追いだ　ホヤー　ホヤー」で、鉦の音に合わせて歌い歩く。「今日はどこの鳥追いだ」以下の文句はどの集落でも共通だが「ホヤー　ホヤー」の後に続く言葉は集落によって違う。

檜原地区と並んで現存する滝谷《たきや》地区のものも、十五日の歳の神の行事に合わせて行われる。ここの少年団は、小学四年生以上、中学二年生までの男子で組織し、あらかじめ地区内の年祝い（還暦、古稀、喜寿、傘寿、米寿など）の人のいる家を調べておく。

少年団は、歳の神の前日の十四日夕方に会場に集まり、ここでは「バンバ」踏みと呼ぶ会場の雪踏みを行う。更に夕食後に団員達は、集落の高みに集まり、鳥追い唄を歌いながら、集落を下って行き、ここで横一列になって、この地区の鳥追い唄を二、三回合唱する。この地区のものは、檜原地区の「長者様の鳥追いだ」の後に、「さーらばさって追いましょう　雀の頭を八つに割って　桟俵《さんだわら》さぶち込んで　鬼ヶ島ホーホー　蟹ヶ島ホーホー」と歌う。桟俵とは米俵の上下の蓋で、浮かびやすいから雛流しなどにも使ったものである。鳥追いの行事が終わると、「祝いもらい」と称して、事前に調べてあった年祝いの人のいる家々を回り、ご祝儀をもらう役目があるから、子供達の顔色はとたんに明るくなる。

この二つの集落の「鳥追い」は、よほどの縁故がないと見られないが、そうした人達のため、町では二月の「雪と火の祭り」の日にこの行事を再現してくれている。今年のそれは、祭り会場に近い集落の集会場に子供たちが集められ、町の旧家の当主が、火打ち石で採火するのだが、毎年これに時間がかかり、やっと採った火は蠟燭に灯される。やがて、獅子頭と囃子方《はやし》が現れ、私のような客人の頭を獅子頭が噛んでくれる。この夜の主役の子供達は、座敷の後方に神妙に座すばかりである。

蠟燭の火が檜皮《ひわだ》の松明《たいまつ》に移され始めると、ここからが子供の主役になる。用意した小旗を片手に、火が消えないよう松明を振り回しながら先の「今日はどこの鳥追いだ」の大合唱が、雪の夜道に続く。雪祭り会場に着いた子供達は、二手に分かれて「雀の頭を八つに割って……」の例の文句を大声で掛け合いのように続ける。

この時を待っていたように、二本の二十数メートルの歳の神に、松明の火が放たれる。今年は他に、やや低めの小中学生の歳の神二基と、「いわき」の子供の歳の神があり、これにも火が付く。五本の歳の神の火は、天辺の御幣《おんべ》（心柱の飾り）に向かって走る。火の走り方はこの年の豊凶を占う験《しるし》だから、既に会場からは、「豊作、豊作間違いなし」の声があちこちから掛かる。

この「鳥追い」の行事は、主に東日本を中心に行われており、ここで歌われる鳥追い唄はどれも、害鳥を罵倒《ばとう》し、追い出す内容に決まっている。ののしられる鳥は雀や烏、それに冬鳥として渡って来る鴨や鷺なども対象になっている。その送り帰される先は、三島町の鳥追い唄にあるように、鬼ヶ島や蟹ヶ島といった仮想の島から、実在する佐渡島のような島もある。

私にとってもう一つ不思議なのは、七種《ななくさ》の囃子唄《はやしうた》「唐土《とうど》の鳥が日本の土地へ渡らぬ先に七草なずな」と出てくる「唐土の鳥」と、鳥追い唄の文句の共通性である。

私達は一口に「正月」と言うが、これには一月一日~七日の大正月《おおしょうがつ》と、一月十五日を中心にした小正月とがあり、大正月の方は、各家に歳神《としがみ》（年神とも）を迎える行事ということになっている。歳神とは、その年の福徳を司る歳徳神《としとくじん》と、五穀を守る田の神のことである。一方の、十五日を中心に行われる小正月の方は、農耕の予祝（前祝い）的行事が中心になる。ここで注目していいのが、小正月を「望《もち》の正月」とか「望年《もちどし》」と言うように、太陰暦《たいいんれき》で満月に当たる日で、ここに重要な意味が秘められている。

ここからは、民俗学者の柳田国男説を拝借する。柳田は田植直前の満月の日を重要な日と考え、実際に農作業の始まる四月が一年の最初であろうと考えた。その後、中国の暦法が日本に伝わった際、本来の四月十五日の年初めが一月十五日に移されたと推測、それゆえ小正月の行事に農耕に関するものが多いと考えた。歳時記に長いことかかわってきた私などは、この説に得心する。

その小正月の行事を『日本民俗大辞典』（吉川弘文館）は、次の五つに分類できるとしている。いわく、㈠小正月の訪問者、㈡害鳥獣を防ぐ呪術、㈢火祭行事、㈣農作物の予祝儀礼、㈤卜占《ぼくせん》儀礼——の五つだという。

㈠の訪問者とは、秋田の男鹿地方に伝わる「なまはげ」や、東北地方などに伝わる「かせどり」（小正月の夜、若者達が鶏の鳴き声をさせながら各家を回り、餅や銭をもらう行事）などのことで、顔を隠し、扮装して現れるのは正月神であって、異界からこの世へ定期的にやって来る訪問者とされる。

㈡の害鳥獣を防ぐ呪術の一つが先の「鳥追い」で、西日本に伝わる土竜《もぐら》送りや狐狩りなどもこの分類に入る。

㈢の火祭行事が、全国で左義長《さぎちょう》、塞の神、さいと焼き、どんど焼き、三九郎焼き、などと呼ばれる火祭りである。歳神祭の終わりを示す行事だから、正月に飾った松や注連飾りを焼く。

㈣の予祝儀礼は、火祭り同様に全国に残っていて、餅花、粟《あわ》穂・稗《ひえ》穂、庭田植などと呼ぶ。中でも餅花の代表が繭玉で、養蚕が盛んだった関東や東北、中部地方に多く残る。

㈤の卜占儀礼の代表は年占《としうら》で、粥の中に竹管や葦管などを入れ、それに入った粥や小豆《あずき》の分量で、その年の豊凶や天候を占う。この㈤の分類には、綱引きや競馬《くらべうま》、相撲、凧揚げなども入る。そうそう、新年の季語の「成木責《なりきぜ》め」も加えねばなるまい。「成木責め」とは、柿など実の生る木を祝い棒で叩き、豊作を約束させる呪術行事で、これも小正月に行われる。

さて、くだんの三島で「鳥追い」の後に行われる集落の歳の神のことにも触れておきたい。一月十五日に行われる歳の神は、平成二十年度の「重要無形文化財」に文部科学省から指定された行事でもある。二十幾つかある集落のうち、火事を出して取り止めた三集落を除くほとんどの地区で行われる。歳の神の形もまちまちだが、点火が午後六時半と七時の二グループに分かれるから、どう急いで経巡っても二つの集落のものしか見られない。

今年も三島町に入った私は、まず六時半点火の宮下地区のものを最初に見た。ここの歳の神は、身丈ほどの高さの小屋型のもので、四面が杉の青葉で覆われてある。火が回ると杉の青葉がパチパチと爆ぜ、音の演出をしてくれる。六時ごろから人々が注連飾りや習字の半紙を携えて集まってくる。習字の半紙は火にくべると、舞い上がり、これを「手が上がる」とする行事で、「吉書揚《きっしょあ》げ」と呼ぶ。清酒一本、蜜柑一箱、鯣《するめ》一束などと書かれた寄進札が、雪の中、次々に張り出されていく。中には「おでん一鍋」などの札もある。

小屋状の歳の神の真ん中に立つ柱は、芯に杉丸太と青竹を組んであるから、これに火が回ると竹の爆ぜる大音響と共に火の粉が飛び散る。このころ、参加者に先のおでんや甘酒が振る舞われ、棒の先にはさんだ餅花や鯣が火にかざされていく。

この夜の二つ目の歳の神に選んだのは、車で五、六分の檜原地区のもので、点火は七時。「鳥追い」の子供達が「シロ踏み」と称して踏み固めてある雪の真ん中に、二十メートル近い塔状の歳の神が鎮座している。ここを取り仕切るのは、私の古い友人で、町の総務課長の鈴木隆さんである。大男の鈴木さんの「点火！」の号令で火がつくと、火は途端に走り始める。蜜柑が撒かれ、札の付いた五円（ご縁）硬貨も撒かれる。

火が先端の飾り御幣《おんべ》に達するやいなや、鈴木さんの「どうづき」の声が掛かり、若い男性が一人大勢に抱え上げられ、雪の中に放られる。「どうづき」に漢字を充てると、「胴突き」で、江戸時代、年末の煤払いの折、祝儀として、主人以下一同を胴上げした胴突きと同義であろう。この胴突きは、地方によって「婿投げ」と同じで、新婚の男子が子宝に恵まれることを願う儀式でもある。

私達は、竹筒に注がれる濁酒《どぶろく》に、したたか酔った。

鳥追や金龍山の夕の鐘
矢田挿雲

鳥追の声不揃ひに闇を行く
上村占魚

雑《ぞう》

「箍《たが》回し」ならぬ「リム回し」

私が少年期を送った戦中、戦後は、時代が時代だから、子供の遊具は皆無に等しかった。せいぜいあったのは校庭の片隅の鉄棒と肋木《ろくぼく》（縦木に多数の肋骨《ろっこつ》状の横木を渡した体操用具の一つ）くらいで、遊びは子供が工夫するしかなかった。

そんな中で流行《はや》ったのが自転車のリム回しだった。「リム」とは、自転車のタイヤとチューブをはめ込むための車輪で、中心から放射状に張られたスポークも外され、錆びたこの車輪が自転車屋の店の隅に山と積まれてあった。その山の中から、錆のひどくないリムをもらってきて、子供達はリム回しに打ち興じた。

当時はガソリンの入手が難しい時代で、バスやトラックも木炭車と言って、木炭を燃やして走らせていた時代だったから、汽車や電車を除けば自転車が主たる交通手段だった。その自転車はどこの家にも備えられていたが、大方が中古品でがまんした。今のように、婦人用や子供自転車があるわけではないから、小さい子が乗る場合は、ハンドルからサドルに差し渡してある棒の下から、反対側のペダルまで脚を入れて漕《こ》ぐ「三角乗り」をするしかなかった。私も小学校（当時は国民学校）一年生の十二月に、群馬の片田舎に疎開して真っ先に覚えたのが、この三角乗りだった。

一番頼りにしていたこの自転車も、タイヤやチューブの原料となるゴムがよほど入らなくなったのだろう、一時は「万年タイヤ」なる代物が出回った。本来、タイヤの中に、空気で膨らませたチューブを入れて、リムにはめ込むが、「万年タイヤ」の方は、タイヤの太さのゴムの輪で、これを直接リムにはめ込むだけだから、クッションがない。町場のアスファルト舗装の道路なら我慢の範囲だが、砂利道にでも乗り入れようものなら尻が痛くて耐えられなかった。事ほど左様に、とても耐えられる代物ではなかったから、くだんの万年タイヤは間もなく姿を消した。

さて遊びの「リム回し」の方だが、盛んになるばかりだった。さながら戦利品のように沢山のリムを持ち寄り、その速さを競った。このリムの溝に押し当てて押す棒は、樫の木のように堅いものより、桑の木のような弾力のある棒が適っていた。これを走らす道も、県道のような車の往来のある道を避け、農道が舞台となった。轍《わだち》でえぐられた溝と、轍の間の高みには雑草が生い茂る農道は、当初は戸惑うが、熟達してくると、その荒れ具合が妙味になる。

遊び方は、一度も道を外さずに回って来られるかを競うものから、二人で並走するもの、リレー式でつなぐものなど、幾種類かの遊びを子供達は生み出した。中でも二人で並走する競技は走りやすいコース選びが勝敗につながるから、それへの工夫も必要になった。

物の本によると、この「リム回し」は昭和になってから流行《はや》り始めた遊びとあるが、その遊びを遡ると、「箍《たが》回し」や「輪回し」に行き着くから面白くなる。

「箍回し」の「箍」は、竹を割いて絎《たが》ねる（束にする）もので、樽や桶を外側から堅く締めるのに用いた。緩んだ気持を引き締める時に使う「箍を締める」や、羽目を外す時の比喩「箍を外す」など広義の使い方もある。私達の周囲に漬物用としてあった一斗樽や四斗樽、風呂の手桶といった小さなものから、酒蔵で使う酒樽のような大きなものまでいろいろ用途はあった。

その箍を使った「箍回し」は、「リム回し」のように接地部分が平らではないから、箍を押す棒は竹の先を割ってY字型のものをこしらえ、これで押した。文化文政のころというから、今から二百年ほど前になるが、この遊びが流行った。その時代の『嬉遊笑覧《きゆうしょうらん》』にも、「近ごろ都鄙《とひ》共に、小児の遊びに箍《たが》廻しといふ事をする。細き竹の、先を二俣などにしたるを持、桶のたがを地上をまろばし、持たる竹にて押しゆく也」と描写している。

「都鄙《とひ》」とは都会と田舎の意である。

そのころ宝井其角に、

箍廻し誰がたが廻し始めけむ

と、「箍」を「誰が」と引っ掛けた、いかにも其角らしい作品があるが、現代の歳時記には、季語として「箍回し」も「輪回し」も登載されていない。

ところで、「箍回し」や「輪回し」、日本だけの遊びと思いきや、世界中にあった。古くは古代ギリシャにもある。その絵が当時壺に描かれていて絵として残っている。その図柄がまた面白い。古代ギリシャでも、輪回し遊びは子供の遊びと定まっていた。その遊びをすでに卒業するべき年格好の若者が、まだ輪回し遊びに興じていたのを見ていたギリシャ神話の神、エロスが、若者を懲らしめようと、サンダルで打ちかかる様子を描いたものである。

そのエロスの神は、ローマ神話ではキューピッドとして描かれているが、気まぐれ、いたずら好きの神で、人間や仲間の神々を悩ませたというから、こんな図柄は結構楽しませてくれそうである。

また、古代ギリシャの「医学の父」と呼

ばれたヒッポクラテスは、胆汁過多症の運動療法として輪回しが特段の効果があると取り入れているし、古代ギリシャの植民地イオニアの古代都市・プリエネには、若者の身体訓練用に輪回しを取り入れた記録が残っているところを見ると、私達の「リム回し」の効果も随分とあったようだ。

中世以降も、この輪回し、ヨーロッパの子供の間に引き継がれていくが、回すと音の出る鈴をつけたりと華美になり、オランダの宗教改革の発端の地となったドルトレヒト市では十五世紀に二度も禁止令を出しているというから、子供の遊びも〝ほどほど〟というところがいいようだ。

泥だらけになって面子《めんこ》

ビー玉や独楽と並んで子供の宝物だったのが面子かもしれない。私の疎開していた群馬県では、どういう字を書くのか知らないが面子のことを「めんち」と呼んでいた。ちなみに、手許にある『日本方言辞典』（小学館）で面子をひいてみると、その呼び名はあるわあるわ、全国の六十六の面子の方言が採録されている。そして、私が群馬で使った「めんち」は、遠く離れた徳島県海部郡で使われていることも分かった。その方言の多さは、いかに全国で子供に好かれた遊びであるかの証左であることを示している。

面子遊びの方法はたくさんあるが、群馬では三通りの遊びがあった。その一つは、互いに出し合って置いた面子を順番に取っていく方法で、面子と地面の間に隙間のある側の地面に、自分の面子を叩き付けて風を起こし、相手の面子を裏返せれば自分のものとなる。だから風に煽られないために、自分の面子を置く際は、面子の四方を内側に折って、風が通らないように工夫した。

もう一つは、多分「足掛け」と呼んだと思うが、右利きなら狙う相手の面子の右側に壁のごとく右足を置き、左側の地面に面子を叩きつけて風を起こす。一番目の方法では、起きた風が面子の下を通り抜けてしまうこともあるが、「足掛け」には壁があるため風が抜けず、比較的に面子が返りやすい利点がある。

三つ目の遊びは、これまた記憶もおぼろだが、「風」と呼んでいた。前記の二つの遊びが相手の面子の脇に垂直に打ち付けるのに対して、「風」の方法は、右から、さながら野球のアンダースローのごとく面子を打ち据える。この方法だと風が起き、自分の面子を相手の面子の下に滑り込ませて、裏返せる利点がある。地面すれすれに面子を放すから、長い中指の爪の間に絶えず泥が入るし、時には爪をはがすこともある。

もう一つ「凪」の名の通り、凪を起こす工夫も凝らした。誰もがやった方法は、学童服の前釦《ぼたん》を全部外し、凪をはらみやすくしたことだった。だから学童服を着ていない時は、この「凪」の面子に私は加わらなかった。

面子は古くからの子供の遊びだったから、これらの遊びにいろいろなものがあった。もっとも今の面子はほとんどがボール紙でできているが、かつては泥や板、鉛、ゴム、ガラスなどを材に使ったから、遊びも多用だったのだろう。

例えば江戸で「きず」（大坂では「ろく」）と呼んだ遊びは、まず地面にいろいろな形を描き、それを六から十六の区割りにする。離れた一定の位置から自分の面子を投げ入れ、次の者はそれをめがけて面子を投げ、先の面子に重なれば勝ちとして面子を取れるが、逆に区割りの線にかかると面子を取られるという遊びだ。

この遊びは古くから行われていたらしく、江戸時代の方言辞典『物類称呼《ぶつるいしょうこ》』には、その呼び名のいろいろを紹介している。いわく「京の小児。むさしと云　大坂にて。ろくと云　和泉及尾張下野陸奥にて。六道と云　相模又は上総にて。江戸と云　津軽も同じ、江戸の町々にたとへて云　信濃にて。八小路《やこうぢ》といふ　越後にて。六道路といふ　奥の津軽に。をえど、云　江戸にて。きずと云　江戸田舎にて。十六といふ」と。こんな風に呼び名のいろいろを並べられると、私達が子供のころはやった、親石一個と子石十六個で争う十《じゆう》六武蔵《ろくむさし》にどこかルーツがありそうな気がしてくる。

これも現在のボール紙製の面子ではできないが、「すか出し」なる面子遊びもある。これも地面に陣地を描き、じゃんけんで負けた方がそこへ面子一枚を置く。勝った方が自分の面子をぶつけて陣外に出せば勝ちだか、自分の面子が外に出た場合は脇に積んで置き、次に陣地から外に出した者がまとめてもらえる仕組みだ。この遊びから、「すか出し」の「すか」は、当てが外れるとか、見当ちがいの時に使う「すか」だろうか、と思う。

面子の表には、古くから絵が描かれていた。江戸時代の中期から幕末にかけては、人気俳優の家紋や火消しの纏《まとい》、相撲、芝居などの絵が描かれたが、戦中、戦後に少年期を迎えた私のころは田河水泡の「のらくろ」の絵が記憶に残っている。今で言えば、さしづめイチローや石川遼あたりが面子の図柄になっていることだろう。

嵐寛を真似てちゃんばら

戦後の娯楽と言えば、誰もが映画に指を折るであろう。三益愛子、三條美紀コンビの『母紅梅』『母燈台』といった〝母もの〟映画は二十数本あったというから、やはり映画の人気は並みでなかった。

こうした〝お涙もの〟と違って男の子に人気は、やはり、ちゃんばら映画で、当時人気の俳優とは、嵐寛こと、嵐寛寿郎や、阪妻こと、阪東妻三郎、そして大河内伝次郎などのことで、それら俳優の癖までも子供達は知っていた。

撮影技術が未熟だったから、それがスクリーンにすぐ映る。時代劇なのに、遠くに電柱と電線が映ったり、道路のぬかるみにゴムタイヤの跡が残っていたりしていて、こんなミスは学校でもすぐ話題になった。

こうした映画の流行につれて、子供達の間にもちゃんばらごっこが大流行した。ちゃんばらの語源は、刀と刀を打ち合わせる仕草でもある「ちゃんちゃんばらばら」の略だから、何としても、その小道具である刀を探さなくてはならない。家にある木刀や竹刀《しない》を持ってくる者もいたが、均等を欠くとの理由で、持ち帰らされた。

となるといきおい手作りとなる。それにふさわしい材は、養蚕県の群馬県だから桑の木となる。どこを見回しても桑畑なので、手に入れるのに苦労はいらない。刀の柄《つか》の部分だけ皮を残して、刀身の皮は手持ちの肥後守《ひごのかみ》なる小刀で削っていく。削るというより繊維が強いから、剥ぐと言った方が適切かもしれない。

余談だが、この桑の木の皮を、終戦直後に供出したことがある。供出なる言葉もそろそろ死語化しているが、国の命で出すことを言った。繊維が不足していた時代だから、供出した桑の皮の繊維で学童服が作られ学校から配給になった。配給とは言っても、クラスに数着だから、おのずとクジ引きになる。私もクジに当たったが、その学童服、着るとずっしり重く、染色もしてなく、桑の皮と同じ薄緑色のものだった。

桑に次ぐ表材は柳だった。この枝は撓うからちゃんばらに向いていて、力いっぱい切りつけても痛くない。ただ相手の目を突きやすいので、今のフェンシングのような突く使い方は禁じ手だった。この柳の枝が手に入らなかった末弟は、川辺に生えている漆の枝を使ったのがいけなかった。その晩、目も開けられないほどに顔が腫れ上がる漆かぶれとなり、外科医に二、三日通う羽目になった。

三つ目の材は、最も自慢のできる青桐である。青桐は材も柔らかく、肥後守が無理なら誰かが持っている切り出しナイフで細工ができた。しかも材が軽いから、間違って面を打たれてもさほど痛くない。桑の木同様に、握る部分の柄を残して、刀身は削った。あまり出来の良い時は、ついボール紙を切って鍔《つば》を付けたくなる。

　ちゃんばらには、地方によって勝ち負けのルールがあるようだが、私達のそれは、目を突かない、頭をたたかないの二つの禁じ手以外は自由だった。中でも、かの嵐寛の鞍馬天狗の仕草を誰もが真似た。黒覆面に黒装束の鞍馬天狗が右手の刀を下斜めに構えながら、左手で着物の褄《つま》をつまんで小走りに敵を追いかける場面は誰もがやりたがった。もう一つ好評だったのが大河内伝次郎の、内にこもる声を真似て、刀を大上段に構え、「ぶった切るぞ！」と言う、あの名台詞《せりふ》だった。

わが宝物、匂いガラス

他の章（「小麦の穂からチューインガム」）にも書いたが、東京の空襲が日に日に激しくなり、昭和十九年も押し詰まった十二月に、群馬県の片田舎に我が家は疎開した。この地は、中島飛行機（現、富士重工）の創設者、中島知久平の出身地で、軍需工場もあり、何度か空襲もあったが、被害はさほどなかった。

子供心に興味を引かれたのが、中島知久平の実家のすぐそばの利根川の河原に飛行場があったことである。監視もさほど厳しくなく、土手の上に立つと、いろんなタイプの飛行機が整然と並んでいるのが望見できた。

そんな飛行機の中の何機かが、中島飛行機製作の「呑竜《どんりゅう》」だろうと思っていた。これは大人になってから分かったことだが、この「呑竜」、ちょうど私達が疎開した昭和十九年の、それも十二月に、ミンドロ島上陸作戦を構えていた米軍に、全機が八百キロ爆弾を抱え、「菊水特攻隊」として突入し、壮烈な最期を遂げている。そんな史実は知る由もないが、利根川の土手に立った時、「呑竜」の名が一瞬浮かんだ。

この「呑竜」の名は、恐らく近くの太田市にあって「子育て呑竜」の名で知られる寺の名から取ったものである。この寺の信徒の男の子は、赤子のころ頭を丸坊主に剃《そ》り上げて「呑竜坊主」と呼ばれていた。寺に参詣の折は、どういうことか父親が背負って出かけた。何かいわれでもあるのだろう。この寺、大光院は、江戸初期の浄土宗の僧、呑竜が開いたもので、慶長十八年（一六一三）、徳川家康に招かれて、上野国《こうずけのくに》（群馬県）の太田に開いたというから、もう四百年も前になる。

そのころ、この地の堕胎《だたい》の風潮を嘆いた呑竜が、生活困窮者の子供を養育したことが、「子育て呑竜」の信仰につながった。

さて、翌年の八月に終戦の日がやってきて分かったことは、あの利根川の河原で見た多くの飛行機は、すべて擬装、つまりカムフラージュであるということだった。軍も消滅したから、この飛行場も無法化して誰でも出入りでき、飛行機の機体剥がしが手当たり次第行われた。

ことに若者のそれが目立った。飛行機の横腹を開けると、長いチェーン状のものがあるが、若者、ことに当時不良と呼ばれる面々は、それを切って、喧嘩の折に振り回して使う武器として持ち帰った。電線か管を通すために三つ四つ穴の空いたアルミニウムの部品は、多少加工して、何本かの指が通るようにし、これも、かの不良達が、喧嘩サックとか拳《けん》つばと呼んで、真っ先に取った。

私達のお目当ては風防ガラスだった。防弾効果もあったのだろうから硬く、子供が石や金づちでたたいたくらいでは割れない。それらのガラスが形を整えて、たくさん学校に持ち込まれ、物々交換に使われた。これを私たちは「匂いガラス」と称して珍重した。なぜこの名かと言えば、このガラスを板にこすりつけて、鼻先に持っていくと、なんとも言いようのないいい匂いがした。

もう一つ、どういう手づるで手に入れたのか、私の手元には、羊羹《ようかん》ほどの大きさの磁石があった。これもくだんの飛行機の部品である。出征してまだ国内にいたころの父を慰問すると、必ず土産として持たせてくれる成田山の羊羹に、大きさも形も似ていた。当時、市販の磁石は馬蹄《ばてい》形の、磁力の弱いものだったから比較にならない。父の遺品として母が大事にしていた懐中時計に、弟がこの磁石を当てたものだから、以後使い物にならなくなり、弟は母から大目玉を食らった。

一番人気のターザン

　太平洋戦争が終わって、真っ先にやってきた娯楽と言えば、映画だったかもしれない。〝母もの〟と呼ぶ三益愛子主演の映画や、ちゃんばら映画に続いて上映されるようになったのが輸入映画だった。もちろん大人向けの文芸映画も多く入ってきたが、子供の人気は、何と言ってもターザン映画だった。密林の中で繰り広げるターザンの仕草を子供が真似ない訳はない。早速、それらが流行《はや》り始めた。

　中でも人気だったのが、大木から下がった蔓を揺さぶって、先の大木の枝に渡る大技だった。ターザンの由来などほとんどが知らない現在でも、公園などに「ターザン・ロープ」なる仕掛けはあるが、こちらはロープを格子状に編んだ子供用のフィールド・アスレチックだから、私達が熱中したロープ遊びとは少し違う。

　この遊びのできる場所は、まず大木があって、ロープを吊るための大きな枝が張り出していることが条件だった。ターザンのように枝から枝へ渡ることは、どだい子供には無理だから、枝に吊ったロープにぶら下がって揺らし、ターザンと同じ叫び声が上げられれば十分だった。もう六十年以上も前のことだから、ターザンの叫び声を正確には覚えていないが、多分、「アハ、ホー」とか「アハ、ハー」と長延ばしに叫んだような気がする。違っているかもしれない。

この遊びに格好の場所があった。寺の境内にある高さ十メートルほどの小高い丘で、天辺には、秋になると臭い実をたくさん落とす銀杏《いちょう》などの大木が数本あった。この丘、四方になだれているから、ロープから手を離して落下する折のスリルがあった。早速、木登り名人が、張り出した枝にロープを吊る作業までは順調にはかどった。

どうにか枝に吊ったロープを揺すっては、「アハ、ハー」と叫んで、傾斜地に落下する遊びに皆熱中していった。しかし、失敗はじきにやってきた。日ごろ私達が縄と称して何にでも使う代物は、藁を綯《な》ってこしらえる藁縄である。後に、藁を一本ずつ差し込んで、藁縄を綯う足踏み式の縄綯い器も出現するが、当時は、両掌に唾《つば》を吐きつけての縄綯いだから、縒《よ》りが十分にかかっていず、強度が不足していた。

ただ、縄にぶら下がるだけならよかったが、揺することで、枝と縄がこすれてじきに擦り切れ、かのターザンは、途中で落下する羽目になる。思案した仲間が、引っ越しの折に使った麻縄を家から持ってきて、藁縄と組み合わせると、どうにか遊びは続けられた。

私達を熱中させたターザンにも、少し触れなくてはなるまい。この物語は、アメリカの作家で、長ったらしい名の、エドガー・ライス・バローズが書いた冒険小説『ターザン・

シリーズ』なのである。全二十六巻のうち、第一作の『類猿人ターザン』が書かれたのが一九一四年というから、日本では大正三年のことで、もう百年も前になる。

筋書きも古い人なら大方は知っている。イギリスの貴族でもあるグレイストーク卿《きょう》は、夫妻で任地のアフリカに行く途中、船が難破して、アフリカの西海岸に漂着する。そこで生まれたのがターザンで、両親の死後、雌の大猿カーラに育てられ、ジャングルの王者となる。

やがて、文明国の探検隊に会い、自らの素姓を知り、いったんはイギリス貴族に戻り、結婚もする。しかし、この文明の虚飾を嫌って、再びジャングル生活に戻る——というのが粗筋で、単なる原人ではなかったところも、ターザンの魅力の一つだった。

ターザン映画は無声映画時代から上映されてきたが、主役のターザン役もたびたび替わった。戦後我々の前に現れたターザン役は、六代目に当たる、かのジョニー・ワイズミュラー（一九〇四—八四）だった。

ワイズミュラーと言えば、もともと水泳の選手。百メートルの自由形で初めて一分

の壁を破ったり、パリやアムステルダムのオリンピックで獲得した金メダルは合計五個だった。そんな筋骨隆々たるワイズミュラーがターザンとして、我々少年の前に現れたのだから驚かないはずはない。

ターザン役の映画は、歴代で一番多い十二本だが、一体、あの時代の、どんな作品を見ていたのだろうか。念のため『映画大全集』（メタモル出版）なる資料を繰ってみると、終戦後の作品としては、「ターザンと豹女」「魔境のターザン」「ターザンの怒り」「絶海のターザン」などで、その後は、次のターザン役、レックス・バーカーに代が替わっている。

不思議な歌詞、「かごめ　かごめ」

戦中、戦後は、時代が時代だから、小学生と言えど、男女が一緒に遊ぶことはなかった。「男女七歳にして席を同じゅうせず」の言葉通り、遊びだけでなく、小学校も男女別のクラス分けが続いた。戦後の昭和二十二、三年ころ、男女が一緒になった時は、私自身も妙な気分だった。

あれは確か、昭和二十四年の六年生の時だったと思うが、秋の運動会に男女一緒のフォークダンスを行おう、との提案が学校からあった。県か町の教育委員会からの提案だったのかもしれない。早速、その是非が教室で諮《はか》られたが、大方は「女と手をつないだり、肩を組んだりはできない」の男性側の強い意見で、フォークダンスは実現できなかった。

ことほど左様に、学内はもちろん、学外の遊びも、男女別々に行われるのが常だった。そうとは言え、女の子の遊びに伴う唄、例えば「かごめかごめ」「花いちもんめ」のようなものを、かなり正確に覚えているのは、加わりはしないが、それを見ていたのだろう。その「かごめかごめ」だが、遊びは極めて単純なものだったが、その歌詞を覚えているのは、詞《ことば》の意味に不思議があったから、かもしれない。その歌詞だが、一緒に口ずさんでほしい。

「かごめ　かごめ　籠の中の鳥は　いついつ出やる　夜明けの晩に　鶴と亀がすべったうしろの正面　だあれ」

遊び方は改めて書くまでもないが、まず、じゃんけんをして負けた者が鬼になり、目隠しをして真ん中に座る。この折の「ジャンケンポン」を、私のいた群馬では「チッカカッポ」と言う。いま『日本方言辞典』（小学館）を引くと、「チッカカッポ」は栃木県塩谷郡の方言で、群馬では「チッカカッキュ」とか「チッカカッセ」と言うとあるから、ほぼ近い方言のようだ。

真ん中に座った子を囲んで子供達は、手をつないで回ってこの歌をうたう。そして「鶴と亀がすべった」のところでしゃがみ、全員で「うしろの正面　だあれ」とはやす。うしろの正面が当てられれば、鬼が交代する――というのが一般的な遊びのようだ。

成長しながら私も、口ずさむたびに、この歌の意味が分からないでいた。ただ、「籠の中の鳥は」については、当時、周りの大人達が言っていた「籠の鳥」の意味がどことなく重なる。娘さんが大事に育てられている比喩《ひゆ》として使われる「あそこの娘さんは、籠の鳥だから……」の意味にである。

では、出だしの「かごめ　かごめ」は何なのだろう。鷗《かもめ》のことを「かごめ」とも言うが、それでは一層意味がわからなくなるから、これは籠目だろう、と思う。もう一つ、子供ながら分からなかったのが、「夜明けの晩に」だった。夜が明けたのに、なぜ晩と言うのだろうと。

この点については、大人になって詩歌の世界にかかわり始めてから、おぼろげながら、こんなことを思った。

少々難しいことを言うようだが、『万葉集』や『古今集』の時代に、夜の概念は、宵と夜中と暁《あかとき》の三つに分けて歌が詠まれていた。ことに宵は現代で言うと夕方の意味に使われているが、当時は夜中の十一時ごろまでを宵と言っていた。そう理解しないと、「江戸っ子は宵越しの銭は持たぬ」の気風《きっぷ》も、私が母からよく言われた「宵っぱりの朝寝坊」の意味も通らなくなる。
夜の最後の暁は、今では朝の概念と思われがちだが、昼の始まりは曙《あけぼの》だった。これは、夜明けの空が明るんだ時刻をさす。だから、「夜明けの晩に」の歌詞は、夜の最後の暁を言うのだろう——などと、文学をかじっていた青年時代の私は思ったりもした。

では、これと次の文脈「鶴と亀がすべった」とはどう絡むのだろう。私の思考はここでハタと止まる。

これを諭すように、私の手許にある『日本童謡事典』（東京堂出版）の筆者は、「歌詞の奥に込められた意味を、言葉の面からだけ解釈するのは危険である」と手厳しい。そう、そこに生まれた「詩」だけを嗅《か》ぎとればよかったのかもしれない。

高峰三枝子を歌う子供演芸会

昭和二十年八月十五日の終戦の日を境に、町の様相は少しずつ変わり始めた。まず、軍隊に召集されていた兵達が還って来る。国内の隊にいた兵は、終戦の日の翌日から、軍服に戦闘帽を被ったみすぼらしい格好で戻って来た。知り合いのまんじゅう屋の息子も、その裏の自転車屋の息子もその中にいた。更に今の東南アジアの南方方面に行っていた兵も、中国、満州からの兵も軍属も帰り始め、町は急に活気づいてきた。当時のソ連に抑留されて、シベリアで強制労働をさせられていた兵隊は、その後何年かをかけて、少しずつ古里に還ってきた。

集落ごとに青年団が生まれ、戦時中に途絶えていた消防団が編成され、野球のチームも誕生した。この青年達の帰還で一番喜んだのは子供達で、中でもそれは青年団が地区ごとに催す演芸会だったかもしれない。

当時の娯楽といえば、町に唯一あった映画館で観る映画と、ラジオ放送だけで、そのラジオも民間放送はなく、ＮＨＫの第一、第二放送だけだった。そこで放送される人気番組を思い出すままに書くと、夕方から放送の子供向けドラマ「鐘の鳴る丘」（菊田一夫作）や、クイズ番組「とんち教室」「二十の扉」などのほか、これだけは正確に覚えている、日曜の夜八時からの歌謡番組「今週の明星」だった。

子供が心待ちにしていた「鐘の鳴る丘」の主題歌は当時「歌のおばさん」と呼ばれた松田敏子が歌ったものである。これを書くに当たって資料を調べると、菊田一夫、古関裕而の人気コンビの作詞、作曲の歌で、昭和二十二年の誕生となっている。この時代に少年、少女期を送った人なら誰でも口ずさめるから、この歌の一番だけを書きだしてみる。

緑の丘の　赤い屋根
とんがり帽子の　時計台
鐘が鳴ります　キンコンカン
メイメイ小山羊も　鳴いてます
風が　そよそよ　丘の上
黄色い　お窓は　俺《おい》らの家よ

この物語は、信州の高原を舞台に、戦災孤児の保護に尽くす加賀美《かがみ》修平と孤児達の物語で、夕飯の膳に涙をぬぐいながら座って、母からよく笑われた。

さて、この稿の本題である青年団の演芸会だが、この晩は、子供はもちろん地区の住民のほとんどが集まった。どこにも大工や電器のいじれる人物がいたから手製の舞台はじきに出来上がり、裸電球が下げられ、マイクが立てられた。伴奏の楽器はアコーディオンかギターで、それもない時はハーモニカだけのこともある。ただし、アコーディオンはどこにでもあるわけではないから、町唯一の演奏家、Eさんが招かれた。

終戦直後は歌謡曲の新曲もないから、戦前の曲が多く歌われた。それらの曲を今でも私が覚えているのは、そのお陰である。

東海林太郎の歌「赤城の子守唄」、ディック・ミネの「上海ブルース」「人生の並木道」、霧島昇とミス・コロムビアのデュエットで、映画『愛染《あいぜん》かつら』の主題歌「旅の夜風」など挙げたらきりがない。「人生の並木道」の歌詞は「泣くな妹よ　妹よ泣くな　泣けばおさない　二人して　故郷を捨てた　甲斐がない」と単純そのものだが、この舞台には、丈の短いツンツルテンの着物を着た男女が現れ、歌に合わせて腕を組んで、歌い手の周りを回るから、拍手喝采が起きる。

この歌を歌ったディック・ミネは、戦時中、三根耕一と呼ばれ、ミス・コロムビアは松原操の名に替えさせられていた。これは、敵性語排斥の国の方針で、私達が日常使っていたバスは乗合自動車に、トラックは貨物自動車に言い替えた。今日でも使う野球の投手や一塁手、右翼手などの表現も当時の名残りである。日本のプロ野球創成期の名投手、スタンヒルは、ロシア革命で追われ北海道に移住したが、彼も戦時中は須田博を名のっていた。今も旭川市にスタルヒン球場の名が残っている。

青年団のこんな演芸会を子供が真似ないわけがない。放課後、申し合わせて、農家の庭先に集まって、子供演芸会を開く。舞台といえば、農家ならどこでも物を干す時に使う、畳一枚ほどの大きさの縁台を選んだ。これに棒を立て、缶詰の空き缶をかぶせれば立派なマイクになった。これができない時は、鍬《くわ》や草掻きの柄を、少々斜めになるが使った。

演奏用の楽器には、ギターを真似て座敷ぼうきを使い、アコーディオンに見立てて盆提灯を持ってくる者もいた。女性歌手が歌う時に組んだ両掌から垂らすハンカチの替わりに、手拭いも用意した。後は開幕を待つばかりである。

私が得意がって歌う曲もたくさんあったが、中でも拍手を多くもらえた歌は、高峰三枝子のヒット曲、「湖畔の宿」で、なぜか子供心にも哀愁のある歌だと思っていた。今になって調べてみると、昭和十五年に生まれた曲だから、当時にしても懐かしのメロディーだったはずである。

「山の寂しい　湖に　ひとり来たのも　悲しい心」で始まる「湖畔の宿」を歌う時は、高峰三枝子よろしく、ハンケチ替わりの手拭いを垂らし、組んだ両掌を左右に揺らしながら情をこめて歌った。時々、遠くから眺めていた農家のおじさんやおばさんからも拍手をもらえた。この曲には、二番と三番の間に、「ああ、あの山の姿も湖水の水も、静かに静かに黄昏《たそがれ》てゆく……」に始まる台詞《せりふ》があるが、これも諳《そらん》じていた。

なぜか好きだったのが三番の歌詞だった。思い出すままに書いてみると、「ランプ引き

よせ　ふるさとへ　書いてまた消す　湖畔の便り　旅のこころの　つれづれに　ひとり占う　トランプの　青い女王《クイーン》の　さびしさよ」というくだりだ。当時「ランプ」は「洋燈」と書かれていたかもしれない。こんな情感が小学生の私に分かっていたのか、とも思うが、この三番は特に情をこめて歌った。

そんなころだったかと思うが、ある日、家庭訪問にやって来た担任の女性教師が、母にこう言ったというのである。「榎本くんは、とてもお父さんのいないお宅の子には見えませんね」と。私の父は、昭和十八年五月二十九日のアッツ島玉砕で戦死していたのである。

これほど歌好きの私も、学校の音楽教科、それも歌唱の成績は常に悪く、憧れの合唱団の一員に、中学三年まで一度も選ばれたことがなかった。

じゃん拳とずいずいずっころばし

子供達は、鬼ごっこや縄跳びの順番を決める時、じゃん拳か、ずいずいずっころばしを使った。年齢の上下があっても、この方法が最も公平だったように思う。正確には石拳《せっけん》と呼ぶこのじゃん拳、改めて書くまでもないが、片手の五指を握って「石」（グー）、五指を開いて「紙」（パー）、人差し指と中指を伸ばして「はさみ」（チョキ）――は全国共通だった。

順番決めにはもう一つ、「ずいずいずっころばし」もあったが、こちらは、もっぱら女の子達が使った。仲間の一人が「ずいずいずっころばし　胡麻味噌ずい」と唄いながら、周りが突き出した握り拳の穴を突いて回り、唄い終わった指の人が鬼になった。

この鬼決めだが、歴史的には「ずいずいずっころばし」の方が早く、既に江戸時代からあったが、じゃん拳の方は、幕末から明治にかけてはやり出したというから、そう古くはない。

後ろに隠していた手を、「じゃんけんぽん」の合い図で前に出し、勝負がつかない時は、何度でも「相《あい》こでしょ」といって続く。私の疎開した群馬では、最初の「じゃんけんぽん」のところを、「チッカッポ」と言った。「相こでしょ」のあとに、「サノメでしょ」とも言った記憶がある。「サノメ」が「三度目」の略だろうと、子供心に思っていたからであろう。こうした違いが全国的に方言としてあることも、大人になってから知った。

そのものずばりの「じゃんけんぽん」なる童唄《わらべうた》もあった。別名「鬼決め唄」とも呼んだ。こんな歌詞だったと記憶している。

じゃんけん　ぽんよ
相挙《あいこ》でしょ
〔相挙じゃ　駄目よ　もう一度〕
じゃんけん　ぽん

ついでながら、同じ童唄の「ずいずいずっころばし」の歌詞も書いてみる。少し記憶があいまいなので、こちらは『日本童謡事典』（東京堂出版）から引いた。その歌詞とはこうである。一緒に口ずさんで欲しい。

ずいずいずっころばし　胡麻味噌《ごまみそ》ずい
茶壺に追われて　とっぴんしゃん
抜けたァら　どんどこしょ
俵の鼠《ねずみ》が米食って　チュウ
チュウ　チュウ　チュウ
おっ父《と》さんが呼んでも
おっ母《か》さんが呼んでも
行きっこなァし（よ）
　井戸の周《まわ》りでお茶碗欠《か》いたの　だァれ

と続く。恐らく、この時代に少年、少女期を送った人なら、誰でも口ずさめる文言である。ただし、大人になり不意に思い出しても、相変わらず詞の文意が判然としない。

ありがたいことに、先の文献には、一部分その解釈が入っている。この唄そのものが、宇治でとれた新茶を将軍に献上する、御茶壺道中をうたったもの「らしい」と推測している。

曲名になった「ずいずいずっころばし」の「ずい」は、里芋の茎《ずい》だとする。今日でも食膳《ぜん》にのぼる芋茎《ずいき》のことだろう。それを胡麻酸の味噌和《あ》えで食べると酸っぱいから、「胡麻味噌酸い」なのだとする。残念ながら、この後の謎解きはない。

ここまで書いてきて思い出したのだが、足でやるじゃん拳も子供のころあった。足でやるのに「拳」と言っていいのかどうかだが、まず足を閉じて立つと石である。その足を左右に開くと紙、前後に開くとはさみ――となる遊びで、手と違って慣れていないから失敗も多く、それが却って面白い。

先に群馬でじゃん拳を「チッカッポ」と言うと書いたが、これも地方によっていろいろある。長野県の松本市では、女の子に限ってだが、「チッチッチ」という。「グンペンパ」との掛け声は、名古屋市周辺の男の子のそれである。埼玉県の入間郡では「チーリーサイ」と、香川県では「シャンシャンホイ」と、高知県では「イージャンホイ」と、それぞれ声を掛ける。どの言い方も、「じゃんけんぽん」と調子が同じであることがうれしい。

信玄袋にお手玉入れて

かつて、男の子がポケット一杯に、面子やビー玉を入れていたように、女の子も、お手玉やお弾きを信玄袋に入れて、持ち歩いていた。ちょっと平らな板や卓、畳の間があれば、それらを出して遊んだものである。ことに、歌を唄いながら進むお手玉は、脇で見ている男の私にも羨ましく思えた。

洋裁を業としていた私の母なども、昔が懐かしかったのだろう、洋服や着物の端切れでお手玉を作り、姪や近所の女の子に上げていた。それらが出来上がると、片手で、あるいは両手で突いていた。時には両手で四つも五つも一緒に突いている姿には感心させられていた。母の童心に帰った一時だったのだろう。

そのお手玉もいろいろな形に作った。まんまるのものや四角のもの、中には俵形のものも出来上がり、それらには別の糸で、飾りまで付けていた。

中身は小豆や大豆などがいいのだが、なにせ当時は食糧難のご時世だから贅が過ぎる。籾殻に小石を混ぜたりの工夫をしていた。この中に、今もって分からないのは、足袋の鞐《こはぜ》を一つ入れていたことである。音をよくするためなのか、それとも何かの呪《まじな》いだったのだろうか。

女の子達のお手玉を見ていると、二通りの遊び方があった。「突き」と「取り」の二つである。「突き」の方は、母が突いて見せてくれたあれである。片方の掌にお手玉を乗せ、二つなら交互に高く突けばいいのだが、三つ以上になると、相当の訓練が必要になる。両手の突きは、右利きなら、右手のお手玉を突き上げている間に、左手のお手玉を右手に移すのだが、こちらも玉数が多くなると、やはり大変な芸当になる。

これら熟練したものは、サーカスなどでピエロがやる、沢山のボールや剣を突き上げて回す、あの芸当である。

もう一方の「取り」の方は、別にやや大き目の親玉を用意する必要がある。さらに床に決められた数のお手玉を置き、親玉を放り上げた間にお手玉を一つ取り、落ちてくる親玉を受け、手中のお手玉を下に落とす――という手順である。全部取り終わると、次は二個取りと順次増やしていく。

このお手玉の遊びには、何種類かの歌が唄われたが、半世紀以上も経っていることと、遊びの当事者でなかったから思い出せない。参考までに文献を調べていると、『江戸の子供遊び事典』（八坂書房）の本の中に、「おさらい」なる歌の歌詞が載っていた。それは、

おさらい

おひとつ　おひとつ　おひとつ
おひとつでおさらい
おふたつでおさらい
おひとつおのこり　おさらい

という文句で、先のお手玉の「取り」の折に唄う歌のようだが、文字を追いながら曲を思い出せないから、当時囃した歌ではなかったかもしれない。

私が子供時代を送った群馬では、このお手玉のことを「ナンゴ」と言った。どんな字を書くのかは知らない。恐らく方言なのだろう。ことほど左様に、お手玉の地方での呼び名は五十にも及ぶという。ということは、このお手玉遊びが、いかに大勢の少女をとりこにしていたかの証《あかし》でもあろう。

ちなみに、その中からいくつかを拾ってみると、オジャミ（美濃）、イッツイコ（尾張）、オコンメ（京都）、イシドリ（長崎）、オサラ（三重、和歌山）、ナナイシ（岡山）、アヤオリ（長野）、イシキ（山口）、イシナゴ（イシナンゴとも、関西、中国地方）――と相成る。

不思議なのは、関西等で呼ぶ「イシナンゴ」は群馬での呼び名「ナンゴ」に「イシ」が付いただけの共通点である。この「イシ」がお手玉の発生源にもかかわってくる。

古くからお手玉遊びはあったが、当初は布製のもののかわりに小石が使われた。そのせいか石投子と書いて「イシナゴ」とも呼ばれた。その「イシ」が、関西などに「イシナンゴ」として残っているのだろう。もう一つの呼び名も石投取と書いて「イシナドリ」と読ませる。

石の次にやってくるのが、木の実や貝殻を使ったお手玉である。その一つが無患子《むくろじ》と呼ぶ木の実だった。古い方ならご存知だろうが、羽子突きの羽子の基に使われる黒い実である。歳時記では秋の季語となっている。

もう一方の貝殻の方は、細螺と書いて「キサゴ」（または「キシャゴ」）と読む巻き貝を使った。そろばん玉の形をして、美しい模様で、しかも殻が厚くて堅いとあらば、まさにお手玉に向いていた。「キシャゴ」と言えばお手玉のことだが、私のいた群馬で「キシャゴ」はお弾きのことを指す。このことは別稿の「お弾き」の中で触れている。

お手玉歌のいろいろ

ここではお手玉歌の一部を書き出してみることにする。
中でも知られていたのが「日露戦争」で、数え歌になっている。出だしはこうだった。

一　一列談判（らんぱん）破裂して
二　日露戦争始まった
三　さっさと逃げるはロシヤの兵
四　死んでも（死ぬまで）尽くすは日本の兵

こんな風に始まる。カッコの中の言葉は、土地による違いなのだろう。私などは、「いちれつらんぱん」と唄っていたから、一体どんな意味か分からず、大人になってからも、人前で唄ったことはなかった。「らんぱん」が談判と分かった今でも、それに続く「破裂して」が大仰過ぎやしないかとも思う。

更に「五」以下は、こんな風に続く。

五　五万の兵（御門の兵）を引き連れて

六　六人残して皆殺し
七　七月八日の戦いに
八　ハルピンまでも攻め込んで（寄って）
九　クロポトキン（クロパトキン）の首を取り
十　東郷元帥（大将）万々才（十でとうとう大勝利）

使われた言葉の説明も少々必要である。戦前はハルピンと呼ばれたが、今はハルビン（哈爾浜）で、中国東北部の黒龍江省の省都。かつてのロシアが鉄道の基地として建設した街。クロパトキンは、日露戦争の時の極東軍総司令官で、歌詞には「首を取り」とあるが、敗戦で解任され、和暦で言うと大正十四年まで生きたことになっている。

日露戦争は明治三十七～八年（一九〇四～五）の時代だから、明治や大正生まれの人々に唄い継がれるのなら分かるが、昭和生まれの世代、それも太平洋戦争を終えた時代の少女まで、とりこにしていたから、何とも奇妙である。

そんな時代を生きてきた私にも分かることは、戦後になかなか子供向けの歌や遊びが生まれなかったことと、親の世代がまだ懐かしく、このお手玉にいそしむ場面が多くあったのだろう、とも思う。

もう一つ、男の私にも懐かしい歌が、「あんた方どこさ」かもしれない。この歌の最後のくだり「骨を菜の葉で　ちょっとかぶせ」のところで、手毬をスカートの下に隠したから、これは手毬唄と思っていたが、友人の多くはお手玉にも唄ったと、口を揃えて言う。
その歌詞を、正確を期すため『日本童謡事典』（東京堂出版）から抽いてみるとこうである。

あんた方どこさ　肥後さ
肥後どこさ　熊本さ
熊本どこさ　船場《せんば》さ
船場山には　狸がおってさ
それを猟師が　鉄砲で撃ってさ
煮てさ　焼いてさ　食ってさ
骨を菜の葉で　ちょっとかぶせ

この歌も、先の「日露戦争」同様に、作詞、作曲者はもちろんのこと、歌そのものの出自も分かっていない。ただ言葉の末尾の終助詞「さ」の切れがよく、全国に広まった遊び歌でもあった。しかも、昭和の初期から始まったゴム毬の普及と合わさって、全国に伝播《でんぱ》していくことになる。

子供心にも、この歌詞には物語性があって面白かったし、大人になった今も、目の前の景が、肥後↓熊本↓船場↓船場山↓狸↓骨といった具合いに、円錐型に狭められていくところに妙味を感じている。

歌に出てくる当の熊本で唄われるものは、「船場川には　海老《えび》さがおってさ　それを漁師が　網さで取ってさ」となるという。この船場川（旧名）は熊本城近くを流れ、船場の町名も現存している。

お手玉歌と手毬歌の両方に唄われるものに「一掛け二掛け三掛けて」がある。

江戸時代の末に、大人の間にはやった流行歌「かけ節」は、明治期になって維新後、「ラッパ節」となり唄い継がれた。その調べが子供にもなじみやすかったので、女の子のお手玉歌として取り込まれた。まず、その歌詞をご覧いただこう。これも、先の『日本童謡事典』からの引用である。

一かけ二かけ　三かけて
四かけて五かけて　橋かけて
橋の欄干《らんかん》　腰かけて
遥か向うを　眺むれば
十七八の　姉さんが
片手に花持ち　線香《せんこ》持ち

と、第一節にはある。この第一節しか知らなかった私などは、なぜ片手に花と線香を持つのだろう、の思いだけで、記憶が途切れていた。続けて第二節には、こうある。

お前は誰かと　問うたれば

わたしゃ九州　鹿児島の
西郷隆盛　娘です
明治十年　戦争に
討死なされた　父さんの
お墓参りを致します

これでやっと、私の中の謎は解けた。

この歌には西郷隆盛を中心とした西南の役が、下敷きとしてある。一切の官職を辞して下野、古里で私学校を興し、子弟の教育にあたっていた西郷だったが、政府の開明策や士族解体策に反対する私学校の生徒ら三万人余は、明治十年二月、西郷を擁して挙兵、熊本鎮台を囲んだ。これに対して政府は、ただちに徴兵令による軍隊で対応し鎮圧した。同じ年の九月二十四日のことである。西郷はじめ指導者の多くは自刃し、この乱は平定している。

と見てくると、この歌の流行も分かろうというもの。もう一つ、この乱にかかわる一事がある。熊本県の代表的民謡「田原坂《たばるざか》」がそれだ。西南の役から十七年後の明治二十七年のころ、九州日々新聞の記者、入江某が、西南の役の折、田原坂の激戦で死んだ九州男児をしのんで作詞した。曲は、熊本の芸妓、留吉が付けている。この「田原坂」への共感もあって、このお手玉歌は、長く唄いつがれることになる。

もう一つ忘れてならないお手玉歌は、「青葉茂れる桜井の」で始まる「湊川」（桜井の訣別）かもしれない。こちらはれっきとした唱歌で、落合直文作詞、奥山朝恭作曲ということになっている。そんな出自だから、明治期より、昭和の太平洋戦争のころまで、知らない人のいなかった歌でもある。

この歌のモデルは、軍記物語『太平記』の中の英雄、楠木正成《くすのきまさしげ》である。別名に「桜井の訣別」とあるように、正成が足利尊氏追討の命を受けて兵庫に向かう途中、桜井の里で、子の正行《まさつら》を諭して故郷に帰す、泣かせる物語である。

「孝女白菊の歌」などと同じように、落合直文の長編唱歌だから、書ききれないので、第一節と二節だけを書き出してみる。一緒に口遊《ずさ》んでほしい。

①青葉茂れる桜井の
　里のわたりの夕まぐれ
木の下蔭に駒《こま》とめて
世の行く末をつくづくと
忍ぶ鎧《よろい》の袖の上《え》に
散るは涙かはた露か
②正成涙を打ち払い
我が子正行《まさつら》呼び寄せて

父は兵庫に赴《おもむ》かん
彼方の浦にて打死《うちじに》せん
汝《いまし》はここまで来《き》つれども
とくとく帰れ故里《ふるさと》へ

こうは言われても、「はい、そうですか」とは言えない、正行と父、正成の長いやりとりが続く。

この歌は、ここに書いた「桜井訣別」と、「敵軍襲来」「湊川奮戦」の三部から成っている。タイトルにもなった湊川は、兵庫県の六甲山地から発する川で、楠木正成の湊川の戦いの主戦場となったところである。

怖かった「コックリさん」

小学校の低学年、それも終戦直後だったように覚えているが、「コックリさん」なる遊びがあった。その遊びが町中にはやっていたのか、私の住んでいた集落だけのものだったのかも覚束ない。ただ、幼かった私には、霊的なものを感じて怖かったから、とても遊びなどとは言えない行為だった。

「コックリさん」の主役は、近所に住むHさんの娘で、今思うと中学生の年代のころだった。近所に評判が立っていたから、多少のぞきたい思いを持っていた私に、ある日声が掛かった。「コックリさんしない?」である。

友人を一人誘った。その遊びをする場所は、我が家近くにある寺の裏道で、その脇にはうっそうと続く杉林がある。この杉林へは、焚き付けにする杉落ち葉を拾うため、空き炭俵を持って、私もよく入る杉山である。「コックリさん」をしてくれる場所のすぐ傍に、当時は塞いであったが、我が家の防空壕があって、空襲警報が出るとすぐ、一家で駆け込んだ。そのすぐ傍なのである。

もう六十年以上も前のことだから、あらかたは忘れているが、この少女は、どこの家にもある盆と、上から三分の一ほどのところが紐で結んである箸《はし》と覚しき物を取り出した。その三本の箸を、さながらカメラの三脚のように、三方に広げて地面に敷いた紙の上に置いた。何をするのだろうと訝《いぶか》る私達を前に、少女は持参した盆を三脚の上に伏せて乗せた。そして言った。「願いごとをいくつか言ってごらん。オレが占ってあげる」と。少女が「オレ」もおかしいが、この町では、少女が皆、「オレ」という。

恐る恐る願いごとを言うと、少女はやおら盆の上に手を乗せろ、とのたまう。手でなく手の指だったかもしれない。すると少女は、こちらには聞こえないが、何か呟き始めた。目をつむってである。ややもすると、手を乗せていた盆が揺れ始めた（と思った）。次いで三脚の脚の一本が動いた（と、これも思った）。私は少々怖くなった。隣の友人も恐ろしそうな形相をしている。

やおら少女は、私達の出した願いごとへの、占いの結果を口にする。願いごとも、その結果も覚えてはいないが、私の出したそれの一つだけが、よい結果になったことは覚えていた。以後、小さな集落なのに、この少女の姿を見掛けることはなくなった。

大人になってからのことだが、例えば新宿駅の西口のデパート壁際に、夕方ともなると手相占い師の卓が並ぶ。卓上に灯をともした占い師達は、前を通る人達に、小声で「(手相を) 拝見します」と声を掛ける。こんな折、私は子供のころの「コックリさん」の場面が、不思議とほうふつしてくる。

この稿を書くに際して、文献をあさり始めるが、この遊びについての定説には出遭えない。『世界大百科事典』（平凡社）に至っては、「社会が不安定になると突発的に流行する傾向がある」とし、その例として、日露戦争と、第一次、第二次世界大戦の前後を挙げている。私の出遭いで言えば、第二次世界大戦の直後であり、この物言いと符節が合う。

私の机上の救い主『日本民俗大辞典』（吉川弘文館）にも、この「コックリさん」の一項はある。占い法の一つで狐狗狸さんと書くとあり、キツネとイヌとタヌキから成る当て字を見ると、なるほどだまされやすそうでもある。遊び方も、三人で行い、三本の棒を三脚状に束ねたり、その上に盆や飯櫃《めしびつ》のふたを乗せる辺り、私の経験通りである。あの少女が呟いたのがそれだろうか、「コックリさん、コックリさん、おいでください」と言うのだともある。私の手を乗せた盆や箸が動いた（と思った）のは、神が降臨したことになり、右に動けば「はい」であり、左に動けば「いいえ」の答えになる、とも書いてある。

この不思議な遊びは、どこから伝わって、いつごろからあるのだろうとも思う。これも文献からの請け売りだが、起源は定説化されておらず、明治二十三年（一八九〇）ごろから大正にかけて流行したとあるから、先の引例のように日露戦争のころが、最初の流行期であったようだ。

もう一つ面白い話が残っている。明治十九年というから、まさにこの遊びが日本で始まったころだが、小説家の坪内逍遥と斎藤緑雨が芸妓を交えた宴席で、コックリさんなる遊びをしている。盆の上に無理矢理手を置かされた緑雨は、やがて顔面が蒼白になっていく。一方の見ていた逍遥は笑っているだけだった。

この話の載った『催眠術の日本近代』（青弓社）によると、逍遥は、それより五年ほど前の明治十四年ころに、西洋の術（遊び）でもある卓上転（テーブル ターニング）や卓上談（テーブル トーキング）を既に知っていたというから、緑雨は宴席で諮《はか》られたのであろう。

歌詞も知らずに「箱根八里」

テレビなどない戦中、戦後に、子供時代を過ごした世代に、ラジオは実にありがたい機械だった。少々雑音が入って聞きがたいこともあったが、童唄や唱歌の類は言うに及ばず、軍歌も歌謡曲も、このラジオから聞いて覚えた。文字から覚えた歌は、せいぜい学校の音楽の時間に習うものだけだった。

私の少年期を過ごした群馬は、農村地帯だったから、どこの農家にも養蚕などに使う、広いバラックがあった。太平洋戦争が激しくなると、これらが軍需部品を作る工場になってきた。大きな旋盤などが持ち込まれ、学徒動員の中学生が、ここに大勢やってくるのである。

年齢的に兄貴分の、この中学生から、後に参考になる多くのことを学んだが、逆に、親達がいやがる歌もここで覚えた。その多くが、耳から聞いたものである。例えばこんな歌がある。

いやじゃありませんか軍隊は　金《かね》の茶碗《ちゃわん》に金の箸《はし》　仏様でもあるまいし　一膳飯《いちぜん》と

は情けない

歌意は成長するに従って理解できたが、これから召集されるかもしれないこの中学生達がやるせない思いを込めて唄った歌なのだろう。もう一つ、この歌の節で唄う猥歌《わいか》も教わり、家の中で唄って、「どこで覚えたの!」と、母にこっぴどく叱られもした。その母はまた、「はやり歌」といって流行歌も嫌った。

とは言え、毎日ラジオから流れてくる、田端義夫の「別れ船」や霧島昇の「誰か故郷を想わざる」、高峰三枝子の「湖畔の宿」など、戦前の歌を多く知っているのも、このラジオのお陰である。

戦後になると、早速NHK第一放送が、戦後にふさわしい明るい曲を流し始める。並木路子の「リンゴの歌」や、近江俊郎の「山小屋の灯」、藤山一郎の「夢淡き東京」などがそれである。夕方六時からの子供向けの放送劇（当時はこう呼んだ）「鐘の鳴る丘」の主題歌は松田敏子が唄った。この放送劇の作者は劇作家の菊田一夫で、後に、放送時間帯の銭湯が空っぽにもなると言われた放送劇「君の名は」の作者でもある。

こんな風に子供のころ覚えた歌は忘れないもので、大人になっても、時に口ずさむことがある。中には難しい歌詞の歌もあって、呟いているのに、その文言が文字化できない曲も随分あった。

例えば、北原白秋の童謡「雨」の一節もそうだった。「雨がふります　雨がふる　遊び

にゆきたし　傘はなし　紅緒《べにお》の木履《かっこ》も緒《お》が切れた」と続く。下駄の赤い鼻緒でもある紅緒くらいの意味なら中学生のころ気付いたが、木履の意味は大人になるまで知らなかった。しゃれて言えば、子供の履く「ぽっくり」のことなのだ。そう言えば、大人の使う幼児言葉の中に「かっこを履いて、お出かけしましょうね」とささやく言葉があったことを思い出す。

当時、唄うことの多かったのが「荒城の月」かもしれない。なにせ耳から聞いて覚えた歌だから、頭の中でなかなか文字化できない。この歌は土井晩翠の作詞である。中でも、歌詞そのものが韻文の調べを持つ「春高楼《はるこうろう》の花の宴」や「千代《ちよ》の松《まつ》が枝《え》わけいでし」などは、中学生のころ初めて手にした印刷物を見て、「そうだったのか」と思ったりもした。

中でも難解だったのが、「箱根八里」の歌詞だったかもしれない。明治三十四年にできたというこの歌も、子供の間でよく唄われた。ちなみに、その歌詞を書きだしてみる。

箱根の山は　天下《てんか》の険《けん》
函谷関《かんこくかん》も物《もの》ならず
万丈《ばんじょう》の山　千仭《せんじん》の谷
前に聳《そび》え後《しりえ》に支《さそ》う
雲は山をめぐり
霧は谷をとざす

昼猶闇《ひるなおくら》き杉の並木《なみき》
羊腸《ようちょう》の小径《しょうけい》は苔滑《こけなめら》か
一夫関《いっぷかん》に当《あ》たるや万夫《ばんぷ》も開くなし
天下に旅する剛毅《ごうき》の武士《もののふ》
大刀腰《だいとうこし》に足駄《あしだ》がけ
八里《はちり》の岩《いわ》ね踏《ふ》み鳴《なら》す
斯《か》くこそありしか往時《おうじ》の武士《もののふ》

少々長いが、一緒に口ずさんでほしい。箱根八里とは、東海道の小田原宿から、箱根峠を越えて三島宿までの難所で、今の里程で言うと三十二キロになる。例えにも言う「箱根八里は馬でも越すが越すに越されぬ大井川」のそれである。

鳥居忱作詞、滝廉太郎作曲のこの歌、諳《そらん》じている難しい歌詞のそれぞれを、生長に従って理解していく楽しみが、私にはあった。そして最後に残った「函谷関」と「羊腸の小径」、それに「一夫関」だけは、辞書のお世話にならざるを得なかった。

まず「函谷関」だが、これには中国の故事が引かれてある。その中国の華北平原から渭《い》水《すい》(黄河の大支流)盆地に入る要衝の地にあるのが函谷関である。黄土の絶壁に囲まれた関は昼なお暗く、さながら函《はこ》の中を歩くようだというのが名の由来。ややオーバーだが、この関を箱根越えになぞらえた。

一方の「羊腸の小径」は、おおよその見当はついていたが、羊の腸のように、山道が曲がりくねっていることで、今日で言う九十九折《つづらおれ》のことでもある。

更に難しい「一夫関」の方は、慣用句に「いっぷ関《かん》に当たれば万夫《ばんぷ》も開《ひら》くなし」と、「箱根八里」と、ほぼ、同文のものがあった。一人が関所を守れば、万人が力を振るっても通れない、の意だから、箱根の関所の要害堅固ぶりを言ったものである。

私達が覚えた「箱根八里」の歌詞は「昔の箱根」という方で、別にもう一つ「今の箱根」なる歌詞のものもある。私が調べた「函谷関も物ならず」は「蜀の桟道数ならず」に改められ、「武士《もののふ》」は「壮士《ますらお》」に言い替えた。その結果、「大刀腰に足駄がけ」のくだりは、おもしろくもない「猟銃《りょうじゅう》肩に草鞋《わらじ》がけ」となった。この歌詞では唄う気力も失せてしまう。

紙芝居と「黄金バット」

紙芝居と言えば今や、幼稚園や保育所、あるいはボランティアが、子供達に読み聞かす程度のものだが、かつてはこれが飴《あめ》売りと一緒になって、戦前の最盛期には、当時の東京市だけで二万人もの紙芝居屋がいた、と記録にはある。

ご多分に漏れず私も、終戦末期から戦後にかけて、この紙芝居のファンだった。いや私に限らず子供は皆そうだった。雨が降って紙芝居が来ない日は落胆したし、雨が止んで虹が出ようものなら、子供心に快哉《かいさい》を叫んだ。

紙芝居来さうな虹のかかりけり

は、そんな思いで待った、私の回想の俳句である。

紙芝居屋は不思議と、子供が学校から帰ったころを見計らってやって来る。自転車の後ろに、畳んだ紙芝居一式と、商品の水飴の箱を積み、その上に大太鼓を括り付けてやって来る。着くなり紙芝居屋は路地路地を太鼓をたたいてひと通り回る。三々五々集まって来る子供に紙芝居屋は水飴を売り始める。

ことに戦中から戦後にかけて、砂糖の輸入はなく、家庭でも極くわずかな砂糖が配給になった程度だから、ここで売る飴は、甘藷《さつまいも》で作った水飴だった。茶色く、少々ほろ苦くもあったが、私はこの飴が好きだった。

余談になるが、駄菓子屋の店先から子供相手の菓子が消えた。そんな中、店先にあるのは、この甘藷の飴を固めて柄を付けたトンカチ（金づち）飴が主流だった。今は香料にしか使わない肉桂《にっけい》の根は、五センチほどに切って甘く味付けがしてあって、この皮をかじり取って食べた。もう一つ、この肉桂の甘い味を浸みこませたセロハンを、よじって紙縒《こより》状にした菓子もあって、これはガムのように嚙んだ後に吐き捨てる代物だった。これらの甘味にも、サッカリンやズルチンという人工甘味料が使われていたから、旨《うま》いはずがない。

我が家と知り合いの「まんじゅう屋」と呼ぶ店先にも、こんな駄菓子しか並んでいなかったが、ある日、おじさんが、目の前で晒《さら》し飴を作ってくれた。柱に五寸釘状のものを打ち、それに油を塗って、くっつかないようにする。やや固めに煮詰めた水飴を延ばしてこの釘に掛け、延びたらまた半折りにして釘に掛けて引く。すると水飴が白くなって、引く力もだんだん重そうになってくる。これが、空気に晒すことでできる晒し飴であることを初めて知った。

くだんの紙芝居屋は、列を作る子供に、二本の箸状の棒に水飴をからめては渡している。この飴を、先の「まんじゅう屋」のおじさんのごとく、手早くからめて、一番白くした子に、もう一本のおまけが付いた。その早さの秘けつは、一本の棒を左手に持ち、もう一本は右手に握るように持ち、飴をからめながら手早く上下に動かす。途中、なめたい衝動にかられて舌でもつけようものなら、水飴は元の茶色に戻ってしまう。

たたき終えた太鼓は、紙芝居のおじさんの脇に置いてあるから誰でもたたきたがり、先着順に許される。おじさんのように、たたき方のレパートリーがないから、子供のそれは、こんな調子である。「ドーン、ドーン、ドーン、ガラガッカ」と。「ドーン」は、先に玉状のもののついた撥《ばち》で太鼓をたたく音である。「ガラガッカ」の方は、撥の柄《え》で太鼓のふちをたたく音でもある。単純な調べだが、たたく本人はけっこういい気分になる。

紙芝居そのものは、おじさん独自の語り口で、しかも抑揚をつけて語るから、つい引き込まれる。クライマックスになると、後ろの太鼓を小刻みにたたくから、興奮はいやが上にも盛り上がる。物語は一回で終わらず、「次回のお楽しみ」と相成る。これも営業政策の一つなのだろう。

この場で限りなく多くの物語を見たはずなのだが、正直いま覚えているのは、「黄金バット」だけである。ちなみに調べてみると、この「黄金バット」は、昭和五年（一九三〇）の秋、鈴木一郎作、永松健夫絵で誕生したものだから、随分と古い。黄金の骸骨マスクに赤マント姿の主人公は、子供のあこがれだった。

この「黄金バット」の生まれた五年後には、東京市内だけで二万人、翌年には全国で三万人の紙芝居屋がいたというから、紙芝居の文化は、案外東京中心のものだっ

たのかもしれない。この紙芝居も、戦後十年ほどしてすたれることになる。この時期、不思議とテレビの普及時期に重なる。

三角ベースと呼んだ野球

子供なら、誰でも、いつの時代も野球に熱中するものである。今日のように、野球のテレビ中継はおろか、プロ野球が戦時で中断されている折さえ、子供は野球をしようとしていた。

まず、私達のやってきた、その野球らしさの一部を紹介してみる。二十年八月、終戦によって子供達は、空襲等の戦禍から解放されたが、その喜びは野球によって満たされた。四角い野球場のスペースが取れる場所は、学校の校庭をおいてない。となれば、細長かろうが、狭かろうが、草が生えていようが、少々広いところがあれば、野球場として利用した。それが「三角ベース」の起こりだろう。

その名の通り、セカンドベースをなくし、ファーストベースとサードベースを置けば、まさに三角ベースになる。ホームベースは、農家から失敬した桟俵を置くだけ。お寺や神社の境内でも、ちょっとした空き地があれば、これができた。人数も、両チーム合わせて十八人は必要なく、十人ほどが集まれば、それができた。

野球の用語も敵性語としていたので、片仮名の呼び名は制限されていたから、ファーストは一塁手と、ピッチャーは投手と呼ぶことが習慣となっていた。トラックを貨物自動車と、バスを乗合自動車と呼ぶことと同じだった。

広場さえあれば、ホームベースから真っすぐ棒きれで線を引いて、しかるべき遠さを一塁の位置とし、ホームから同じく三塁までの線を引き、その三塁から一塁まで直線を引けば出来上がりである。ちょうど、ホームベースを頂点とした三角形になる。一、三塁の上には葉っぱを置いて目印とした。

ボールはあっても、せいぜい女の子が鞠つきに使うゴムボールがあればいい方で、大方が、家で作ってもらう手縫いのボールだった。小さめの石を芯に、布をきつく巻いて、上から凧糸をぐるぐる巻きにして作った。このボール、バットに当たっても、そう飛ばないから外野手は不要だった。バットも同様手作りだが、この材は樫の木が向いていた。それもバットの形に作るのは堅いので不可能だから、手の握りの部分を小刀で細く削り、握りやすいように、上からヤスリをかけた。

肝心の捕球具だが、グローブもミットもないから、ボールが軟らかいこともあって、素手で行っていたが、やがて子供の知恵が生かされてくる。

中にはテント地を瓢箪《ひょうたん》の形に裁ち、その二枚を組み合わせて、現在の硬式ボールのように縫った、しゃれたボールを持って来る者もいたが、これらは私同様に疎開児だった。

昭和二十年八月十五日の終戦を迎えると、兵士が次々に還ってきた。国内にいた者は翌日から故郷に戻ったし、外地に居た兵も、月を追うごとに帰還してきた。町は一気に活気づいた。そんな中まず誕生したのが、野球チームで、当然のことながら、三角ベースの子供達にも影響が出始めた。

これも終戦間もなくだが、戦時中中断されていた職業野球（プロ野球）も始まり、ＮＨＫのラジオの放送も始まった。それまで手作りだった野球用具も、順次出回り始め、ゴム製の軟式ボールや、本物のバットを手にした折の喜びは筆舌に尽くし難いものがあった。

これも終戦からそう遠くないころだったと思うが、アメリカのプロ野球チームが来日した。記憶は定かでないが、サンフランシスコ・ジャイアンツで、監督は確かオドゥールと言った。実況放送もあったが、翌日の新聞のスポーツ面が楽しみだった。これに例えば、ホーム突入の写真が載

ると、プロ野球のサードとホームが、なぜこれほど近いのだろう、とも思った。これが望遠レンズで撮った写真であることに気付くのは、更に数年経ってからのことである。

本物の野球用具を手にした子供達の三角ベースは、以降ますます盛んになっていくのだった。

子供達の囃子ことば

子供の頃は、知らず知らずに、随分と多くの囃子ことばを使ったものだ。そんな言葉の一片を時々思い出しながら、どんな時に使ったんだろうと思案したり、「そうだった！」と膝を打ったりすることもある。この稿では、そんな良き時代の囃子ことばに、ご唱和願いたい。

ただし、うろ覚えで済まないよう、脇に文献を置き、それを参考にさせてもらう。その文献とは、平凡社の東洋文庫の一冊で、大田才次郎編の『日本児童遊戯集』のことである。

私達が育ったのは、戦中、戦後だったので、「男女七歳にして席を同じうせず」が徹底していて、学校でも、男女が席を隣合わせに座るどころか、男組と女組に分かれていた時代もあった。従って通学も別々だったし、遊びなどは、一緒になることはなかった。

仮に、男女が一緒に居ようものなら、たちどころに、周りから囃された。私の子供時代過ごした群馬では、こんな時、記憶違いか方言かも知れないが、「男と女のまんめんじ」と言った。「まんめんじ」は「混ざり合う」くらいの意だろうか。辞書の類には一切ない。

ここで文献君の登場になる。ここにはこんな風に書かれてある。「男と女とまァめいり、いってもいってもいりきれない」と。仮名書きだから断定しにくいが、「まァめいり」とは「豆煎《い》り」のことだろう。うまいことを言ったものである。

これも面白い言葉だから覚えているのだが、人様からもらった好意に謝意を表したり、その謝意を少し茶化して使う囃子ことばに、「ありがたいなら芋虫ァ鯨」がある。「ありがたい」の駄洒落《だじゃれ》で、仮に蟻が鯛の大きさだと言うなら、さしずめ、芋虫は鯨の大きさになる、というのだ。私が子供の頃言ったのは、「ありがたいなら蛞蝓《なめくじ》ァ鯨」だった。

この囃子ことばには続きがあった。「ありが十《とう》なら芋虫ァ二十」という。謝意の「ありがとう」の言葉を引き取って、仮に蟻が十歳というなら、芋虫は二十歳《はたち》だというのだ。群馬の言い方も、芋虫が蛞蝓になる。

大人になってからも使う囃子ことばに、「桃栗三年柿八年」というのがある。改めて書くことでもないが、苗木として植えてから実が生るまでの年数だから、苗木を買う時期などの参考になる。この言葉には続きがあって、「柚子《ゆず》は九年で生《な》りかかる」とある。このくだりについては、私どもが言っていた「柚子の馬鹿めは十八年」の方がユーモアがある。

よく、蜜柑などを掌にのせて、もてあそんだ言葉に、「蜜柑金柑酒の燗《かん》」がある。その先もあったはずなのだが、忘れていた。文献君のそれには、「燗」に続いて「親父《おやじ》の言草《いいぐさ》いけすかん、親の意見は子が聴かん、それでも羊羹《ようかん》やりゃ泣かん」と相なる。どうという意味上の脈絡などなく、「カン」の音感だけでできた囃子ことばだから、掌に蜜柑をもてあそぶには適っている。

仲間の中には必ず人の真似をしたがる奴がいた。こんな時、必ずつぶやいてぶつけるのが「人真似小真似」だった。真似をやめさせるには格好の言葉である。この続きもあるにはあるが、意味不明である。参考までに書くと、「酒屋の猫は、田楽焼くとて手を焼いた」となる。

意味不明といえば、こんな囃子ことばもあった。子供の側にはいつも虫がいて、例えば、蝸牛《かたつむり》でも掌に取ろうものなら、「でんでんむしむし、かたつむり、お前の目玉はどこにある、角だせ槍だせ目玉出せ」とつぶやく。これにも難解な前後がある。「まいまいつぶろ（蝸牛）、湯ゥ屋で喧嘩《けんか》があるから、角だせ槍出せ鋏箱《はさみばこ》出ァしゃれ」となる。鋏箱は昔従者にかつがせた箱のことだが、「湯ゥ屋」との関連が、私の知恵では理解できない。

これは今でも口をついて出そうな言葉に、「根ッ切り葉ッ切り之《これ》ッ切り」がある。「もう、これでおしまい」という時に使い、親も子供のおねだりに、よく使ったものである。もう今では死語化しているが、すべて、ことごとくの意に使う「根切り葉切り」なる言葉がある。文字通り、まさに根こそぎである。その「切り」の繰り返し（リフレーン）に、之《これ》っ切りの「切り」の音感を合わせた先人の知恵なのだろう。

蕗谷虹児と「花嫁人形」

子供心に思ったものである。女の子はなぜ手持ちのものを周囲に見せたがらないのだろうと。それらの多くが、当時流行の蕗谷虹児《ふきやこうじ》を始め、竹久夢二、加藤まさを、中原淳一らの絵だった。これらの絵は、そのころの独身女性向けの雑誌「令女界」に載ったもので、なかなか手に入る代物ではなかったようだ。

私には、小さいころから「よっちゃん」と呼んでくれる一歳年上の従姉妹《いとこ》がいた。その従姉妹でさえもが、「内証よ」と言って見せてくれたのが、かの蕗谷虹児の絵だった。この従姉妹の父、即ち私の伯父は、戦前から、東京・神田の小川町で出版業を営んでいた。

空襲で焼けた後も、家族を疎開させ、自らは東京に残って仕事をしていた。紙不足の終戦直後も、どうやり繰りしたのか、『広辞苑』ほどの厚さの『南方年鑑』とか、『お菓子の事典』などを出していた。妹でもある母の言い分は、「兄さんって、要領いいからね」であった。

その伯父が時々疎開の家族の許に帰る折は、甥《おい》である私にまで、『小公子』『ガリヴァー旅行記』『少年探偵団』などといった子供向けの本を、必ず携えて、我が家にも来てくれていた。従姉妹がご自慢の蕗谷虹児がらみのものも、伯父の手筈のものだったのだろう。古い時代の人だから、蕗谷虹児の生い立ちについても触れておかねばならない。

虹児は明治三十一年（一八九八）に、新潟に生まれている。十二歳の時母が亡くなり、一家は離散、虹児の放浪の生活が始まる。二十一歳で三度目の上京を果たし、ここで竹久夢二と会い、その紹介で「少女画報」の口絵を描くようになり、吉屋信子の小説の挿画を描き、虹児の名が世に出ることになる。

更に虹児の名を不動のものにしたのが、童謡「花嫁人形」の作詞だろう。この歌の誕生は大正十二年（一九二三）というから、九十年も経つ。この年の「令女界」に発表されたものである。よくぞ歌い継がれたものだが、歌詞は、そう長いものでないので、ここに五節までを抽いてみる。

①金襴緞子《きんらんどんす》の　帯しめながら
花嫁御寮《はなよめごりょう》は　なぜ泣くのだろ
②文金島田《ぶんきんしまだ》に　髪結《かみゆ》いながら
花嫁御寮は　なぜ泣くのだろ
③あねさんごっこの　花嫁人形は
赤い鹿《か》の子《こ》の　振袖《ふりそで》着てる
④泣けば鹿の子の　たもとがきれる
涙で鹿の子の　赤い紅《べに》にじむ
⑤泣くに泣かれぬ　花嫁人形は
赤い鹿の子の　千代紙《ちよがみ》衣装《いしょう》

この詩の誕生には秘話が残っている。先の「令女界」では、西条八十に詩の創作を依頼していたが締切日が過ぎても届かず、編集者の水谷まさる（詩人で童話作家）は弱り果てていた。そこへ、ひょっこり虹児が挿絵を届けに現れた。福の神である。水谷は、「何とかこの頁を埋めて下さい」と懇願、急きょ生まれたのが、虹児作の詩「花嫁人形」だった。

曲はと言えば、三年後に杉山長谷夫が付けている。杉山は、「今宵出船か　お名残惜しや」で始まる「出船」（勝田香月作詞）の作曲でも知られる。この甘美なメロディーが、関東大震災後の暗い世相にかなっていたのか、歌は直ちに全国に広まっていった。

「花嫁人形」の歌碑は、虹児が少年期を送った新潟市にあり、虹児の故郷、新発田市では毎年、「花嫁人形」全国合唱コンクールが行われている。

　私と同年配の友人が、二年前に町田市で開かれた「蕗谷虹児展」の折のカタログを貸してくれた。その中に、虹児の三男の蕗谷龍夫の一文がある。先の新潟市の歌碑には、四節目の「泣けば鹿の子の　たもとがきれる」の「きれる」が「濡れる」になっているという。この歌、結婚披露宴の折の余興によく歌われる。めでたい結婚式での「きれる」は忌み言葉だから、虹児本人も承知の上で、「濡れる」と碑文に書いたのだという。虹児らしいはからいとも言えるだろう。

怖かった火の玉

子供のころは、誰にも怖いものがたくさんあった。その怖いものの印象は、不思議と大人になるまで残っている。私にもそんな怖いものがいくつかあった。世の母親達が、子供が言うことを聞かなかった時などに言う台詞《せりふ》に「お巡りさんが来るよ」があった。

当時、と言っても戦中のことだが、お巡りさんのいでたちとは、制服、制帽に長靴《ちょうか》を履き、左腰にサーベルを下げ、大方がカイゼル髭《ひげ》（ドイツの皇帝、ウィルヘルム二世が、左右両端をはね上げた八の字型の髭を生やしていたことによる）を生やしていた、その印象が私には強い。お巡りさんが街中を巡回する時、下げたサーベルをカチャッカチャッと鳴らせて来るから、私はすぐ物陰に隠れた。

これも古い話だが、私の次弟の怖がる最たるものは防毒面だった。昭和十九年ごろになると、東京も米軍の空襲が日増しに多くなっていた。B29による爆弾だけでなく、空母から発ってくるグラマンやロッキードなどの艦載機が、あちこちに焼夷弾《しょういだん》（建物を焼き払う弾）を落とし始めた。私の家から二軒先までこの焼夷弾で焼けたのが、我が家の疎開のきっかけになった。

このころ出回ったのが、毒ガス攻撃の噂だった。そのためにどこの家にも防毒面は必備品になった。我が家でも、子供用が三つと、母親用の計四面が備えられた。顔一面を密着するように覆い、鼻の辺りから象の鼻のような管が伸びた、何とも異様な代物である。

この防毒面も、疎開の荷物に入れて群馬に運ばれた。東京と違って群馬、それも農村地帯だから、空爆の回数は少なかった。そんなところから、次弟の極端に怖がる防毒面を出して、覆っては弟を脅した。見るに見かねたのだろう、母は終戦と同時にこのマスクを焚き火にくべて燃やしてしまった。

疎開して間もなくだったから、昭和二十年の春先だったろうか、ある日、この弟が居なくなった。夜の八時、九時になっても帰って来ない。初めは、越してきたばかりだから、道に迷ったのだろう、と母も思っていた。しかし学齢直前のまだ七歳、母の不安は次第に募ってきていた。

それにも訳があった。私の父の兄、つまり伯父は、八歳の時に居所が分からず行方不明になった。以後、父が長男となり家を継ぐが、祖母の言い草は「神隠しに遭った」だった。昔から子供が行方知れずになると、その原因は、天狗か山の神のしわざと言われてきて、祖母もそう思っていたのだろう。

心配していた弟は十時過ぎに帰って来た。帰って来たというより、見知らぬ人に送られてきた。越してきたばかりで、住所をそらんじていない弟の言葉をつなぎ合わせて辿り着いたのである。送り主は、家から一里ほど離れた隣村の方だった。

自転車の後ろの荷台に乗せられた弟は、喜びの余り踵《かかと》を車輪に入れたため、踵がパックリ口を開け、大人になるまで傷跡として残った。その弟いわく、「神さまが、あっちへ行け」と言ったから歩いていたという。傍らで聞いていた私は、「神さま」と言った弟の恐怖感を、その後もずっと持ち続けることになる。

住んでいた土地柄か、この手の神がかった話は周りにいくらでもあった。戦中、戦後の時代だから、もちろんコンビニはおろか、外灯一つないゆえ、闇が子供心にも怖かった。その恐怖心をそそる話も、まことしやかに語り継がれていた。

中でも怖かったのが人魂だったかもしれない。人が死ぬ時は、その家の屋根から人魂、土地の言葉で言えば火の玉が飛んで出るというのである。同じことは、屋根に止まった烏が三声続けて鳴くと、その家から死者が出るとも言われていた。昔から「烏鳴き」なる俗説があって、烏の鳴き声で吉凶を占ってきたから、三鳴きもこの説に添っての言い方なのだろう。

火の玉も烏の三鳴きも、人が死んだ後の事柄として、「そう言えば」と前置きがあって火の玉や三鳴きが語られるだけで、予言の事実は一度も聞いたことがない。

この迷信を打ち消す科学的な話も伝わっていて、私などは、こちらに加担していたように思う。例えば、火の玉には、二つの科学的説が語られていた。

その一つが燐火《りんか》説かもしれない。私の手許にある『江戸文学俗信辞典』(東京堂出版)にも、「人魂は青白く少し赤

みを帯び、尾を長くひく燐火といわれる」とある。これは雨の降る夜や闇夜などの折、墓地や山野などで燃えて浮遊する火ということになっている。この燐については、別項の「夜な夜な墓で度胸試し」をご覧いただきたい。

この燐火を鳥がくわえて飛ぶのが火の玉で、その鳥とは烏である、というのが、私の周囲で語られていた説である。大人になって知ったことだが、この燐火を、鬼火とか狐火などとも呼ぶ。

もう一つは流れ星説である。辺りに明りのまったくない時代だった上に、大気汚染もないから、星空は全天が見渡せた。もちろん流れ星も時に見えた。しかし、火の玉を流れ星とするには、大きさも、飛ぶ角度も違うので同調する者は少なかったが、子供心ながら、こちらには夢があると思っていた。

のちにかかわる俳句作品の中の、

星一つ命燃えつゝ流れけり　高濱　虚子
死がちかし星をくぐりて星流る　山口　誓子

などを見ると、子供のころ思った夢がどこか重なる。

流れ星は秋に多く見られるところから、秋の季語になっているが、この中に夜這星《よばいぼし》なる呼び名もある。『枕草子』の中にも、「星はよはひほし、すこしをかし」と出てくるのがそれである。夜這いなる行為は、土地の青年の間にあったから、よからぬことを想像しがちだが、語源は「呼ばう」だから、感動のあまり、つい星に声を掛けてしまう、というのだ。こんな夜空は、私の住む今の横浜には、まったくといってない。

火薬遊びの興奮

いつの時代もそうだが、男の子なら誰でも銃や火薬に興味を持つ。そういう私の少年時代にも、それらに触れて興奮した覚えが二度ほどある。太平洋戦争中の話だが、疎開前に住んでいた東京の我が家の近くに、陸軍戸山ヶ原演習場があった。蒲鉾《かまぼこ》型の長いドームが七、八棟並び、周囲には鉄条網が張りめぐらされ、警備も戦時中だったから、ことのほか厳重だった。

仲間うちに軍人の子弟がいたから、この演習場の兵隊の休日と、鬼より怖い憲兵の休日が重なる日が月に一度ほどあることが分かって、その日の演習場はもぬけの殻となり、門衛すらいなくなる。手拭いを二つ折りにして縫った袋を下げ、少年達は正門から堂々と入れた。長いドームの奥に、天井まで届く砂山が築かれ、ここに標的を立てて演習は行われた。その砂山に掌を差し込むと、掌に数発の銃や機関銃の弾が残る。持ってきた布袋はたちどころに一杯になる。その間、恐怖と緊張にさいなまれたから、衛門を脱け出たところで、皆一斉にへたりこんだ。

もう一つは、これも戦時中のことだが、疎開先の群馬の、東武線駅近くの空き地で、仲間の一人が焼夷弾《しょういだん》の不発弾を見付けた時である。連日上空にやってきて、工場や軍事施設に焼夷弾を雨霰《あめあられ》と落として焼き尽くす怖さを、だれもが知っていたから、慎重に扱った。径十センチほどの焼夷弾から生ゴム状の粘液が漏れ出ていたが、それを壜に何本か抜き取り、秘密基地に隠した。この生ゴム状の代物に火を点けるとたちどころに燃え広がるが、水を掛けたのでは消えないばかりか炎が広がる。しかし砂を掛けるとすぐ消えるので、私達は常に砂袋を携行した。その愉悦感と共に仲間うちには罪悪感が常にあった。

男の子の銃や火薬への興味に、私事を少し長く書き過ぎたが、ここからが「遊び」の本題になる。

戦争が終わると間なく、私達の周辺に火薬のおもちゃが出回り始めた。子供達の間では「癇癪玉《かんしゃくだま》」と呼ぶのがそれである。厳密な意味での癇癪玉は、径一センチほどの玉の中に火薬を入れ、これを地面に投げ付けた衝撃で爆発するもの。突然投げ付けられた人が、癇癪を起こしたくなるのでこの名があるのだろう。

物の本によると、絵の具の材料にもなる鶏冠石《けいかんせき》と塩素酸カリウムの混合物を砂にまぶして薄紙で巻き込んだもの――とある。これらは、火薬取締規則で、直径一センチ以下、重量も一グラム以下と制限されていたという。

子供達がもっぱら癇癪玉と呼んだのは、火薬を包んだ紙粒（平玉）を色紙に張り付けた物だった。色のあせた赤かピンクの七、八センチ四方の紙に、縦横五粒ずつ、計二十五粒が付いている。

当時子供達の間にはやった戦争ごっこのアルミ製のピストルに、一粒ずつ切って使った。そのほか運動会等のピストルの号砲にも使った。今では、このスタートの号砲と、ゴールのストップウオッチは、電気で連動しているが、当時はピストル音を聞いたゴールの計時員がストップウオッチを押したので、音速の関係で〇・三秒ほど遅くなる。そこで苦肉の策として、計時員は、ピストルから上がる煙と同時にストップウオッチを押した。

また、脱線したようだが、子供達は平玉の音と威力ではだんだん満足しなくなる。そこで考えだしたのが、平玉の火薬を抜き取ってまとめて爆発させることだった。一枚の二十五粒の平玉をまとめただけで、音は大きくなる。五枚、十枚……とその量は更に増え子供の一人の小遣いでは買えなくなると、何人かがグループを組み量をふやしていく。

一度などは、この集まった量の火薬を紙に包んで平たい石にはさみ、道に張り出した松の枝から大石を落としたところ、予想より大きい爆発音になった。これを知った大人からきつくお灸を据えられ、この実験は以後沙汰やみになった。

もう一つ胸をときめかせた遊びが、この平玉で作るロケットだった。当時の鉛筆のキャップは、鉛筆を差し込むと空気が抜けるように切れ目が入っていたが、もう一種切れ目の入らないキャップが出回っていた。アルミ製の銀色で、先は少し細く、途中から太くなっていて、さながらロケットの形をしていた。これがロケット遊びの素材である。

このキャップの先に、当時どこの家にもあったセルロイドの端切れやフィルムを持ち寄り、細かく刻んで先端に棒で押し込んだ。次の作業は火薬の充填《じゅうてん》で、くだんの平玉を解いたものを使う。火薬は棒で詰めたりすると爆発する恐れがあるから、後ろから綿や真綿を詰め押し込んだ。このキャップ、材がやわらかく、口を親指と人差し指で押すと簡単に平たく潰れるからこれで完成となる。

ここから発射となるが、真上に打ち上げるための発射台を作る知恵は、当時の子供にないから、もっぱら水平の発射となる。

このロケット、とんでもない方向に飛んだり、曲がったりするので、民家の周辺は避けて、利根川の河原や、見渡す限りの野菜畑の中で行った。小さな焚火をこしらえ、板の上に少し尻を出した格好でロケットを据え、焚火に少しずつ近付けていく。すると一瞬、白い煙を吐いて飛んで行く。ロケットには各自の名前の下に「号」が付いているから、出来栄えの優劣はその場で決まる。
こんな仲間はみんな、古稀過ぎの年齢になった。

あとがき

物のない戦中・戦後に育った私達子供のころの遊びは、自然を利用するか、みずから遊び用具を作るしかなかった。今思うと、そんな中から多くを学んだことになる。もう、そんな時代を知る人も少なくなったが、そうした同じ時間を過ごしてきた人にこそ、読んで欲しい一書でもある。

飯塚書店のホームページに、四十六回にわたり連載した拙稿を、同書店の飯塚行男社長と、編集者が一本にまとめてくれた。ありがたいことである。

平成二十五年　師走

榎本　好宏

榎本 好宏（えのもと・よしひろ）

昭和12年 東京生。俳人、エッセイスト。森澄雄創刊の「杉」に参加、18年余編集長。「航」主宰、「件《くだん》」同人、読売新聞地方版選者。句集に『会景《かいけい》』『祭詩《さいし》』（俳人協会賞）『知覧《ちらん》』など。著書に『森澄雄とともに』『季語の来歴』『江戸期の俳人たち』『六歳の見た戦争』『風のなまえ』など。
俳人協会評議員、日本文藝家協会、日本エッセイスト・クラブ、日本地名研究所各会員。

懐かしき 子供の遊び歳時記

2014年2月20日　第1刷発行

著　者　榎本 好宏
発行者　飯塚 行男
編　集　星野慶子スタジオ
印刷・製本　シナノパブリッシングプレス

株式会社 飯塚書店
〒112-0002 東京都文京区小石川5-16-4
TEL03-3815-3805　FAX03-3815-3810
郵便振替00130-6-13014
http://izbooks.co.jp

ISBN978-4-7522-2070-1